快乐阅读系列·人物卷

想像着，
你石破天惊的那一刻

◎总　主　编：向启新
◎本书主编：彭继雄

花山文艺出版社

图书在版编目(CIP)数据

想象着,你石破天惊的那一刻:人物卷/彭继雄主编.-石家庄:花山文艺出版社,2004.12(2021.5 重印)
("读·品·悟"快乐阅读系列/向启新主编)
ISBN 978-7-80673-555-8

Ⅰ.①想... Ⅱ.①彭... Ⅲ.①语文课—课外读物 Ⅳ.①G634.303

中国版本图书馆 CIP 数据核字(2004)第 111956 号

丛 书 名：**快乐阅读系列**
总 主 编：**向启新**
书　　名：**想象着,你石破天惊的那一刻(人物卷)**
主　　编：**彭继雄**

策　　划：张采鑫
责任编辑：李　鸥
特约编辑：李文生
责任校对：贾　伟
全案设计：北京九洲鼎图书有限公司
出版发行：花山文艺出版社(邮政编码：050061)
　　　　　(河北省石家庄市友谊北大街 330 号)
销售热线：0311-88643221
传　　真：0311-88643234
印　　刷：永清县晔盛亚胶印有限公司
经　　销：新华书店
开　　本：710×1000　1/16
印　　张：10
字　　数：180 千字
版　　次：2004 年 12 月第 1 版
　　　　　2021 年 5 月第 4 次印刷
书　　号：ISBN 978-7-80673-555-8
定　　价：36.00 元

(版权所有　翻印必究·印装有误　负责调换)

人物卷

学海点悟

　　爱因斯坦说："一个人的价值,应当看他贡献了什么,而不应该看他取得什么。"今天,曲啸又加了一句名言："爱的本质是给予。"在现实生活中,这样的例子是不胜枚举的。在争取民族解放的战斗里,那些出生入死、献身疆场的勇士;在抗洪救灾的斗争中,那些冒险救人、激流勇进的英雄;那些在平凡的岗位上默默奉献,鞠躬尽瘁,用自己的遗体"再站一班岗"的先哲……他们是值得尊敬的、伟大的。因为他为国家、为集体、为人类作出了贡献,这是最高尚的人格表现。

　　秦牧先生在《哲人的爱》一文中,高度地赞扬了青岛医学院的沈福彭教授:他亲嘱死后将遗体献给医学教育事业,五脏作局部解剖教学用,骨骼制成标本,供教学用。秦老教授为伟大的爱所震撼,最后拼却心力,终于为沈教授写下了几十个字的《献词》："他生前叮嘱献出遗骸,指定骨架标本在这儿陈摆。玻璃橱里是他特殊的坟,玻璃罩外是他浩瀚的爱!一纸遗嘱直如震世春雷,一宗心愿想见哲人气概。让我们脚步轻轻走进大厅,伫立丰碑之前默默礼拜。"这是对哲人无私而伟大的人格的高度评价。英国作家萧伯纳在《贝多芬百年祭》一文中,这样评价贝多芬:"他有能力设计最好的乐式;他能写出使你终身享受不尽的美丽的乐曲;他能挑出那些最干燥无味的旋律,把它们展开得那样引人,使你听上一百次也每回都能发现新东西。"的确,贝多芬的音乐才能是世人有目共睹的,他对人类的贡献也是不可磨灭的。正因为有了这些平凡而伟大的人格,才为我们竖起了一座座"不朽的丰碑"。

邓小平可称得上是世纪伟人,他的改革开放的伟大构想使中国经济迅猛发展,使这条古老的东方巨龙一跃冲天。然而在现实生活中,他却是一位和蔼可亲的老人。难怪聂棋圣戏称他为"邓老爷子"。当今美国重量级人物,美国联邦储备委员会主席格林斯潘的人生成功经历给我们很多启示:人生应懂得选择与放弃。俄国总统普京的童年经历也启示我们:孩子是没有"好"、"坏"之分的。这就是名人,这就是名人的生活。

有人用"春蚕到死丝方尽,蜡炬成灰泪始干"来赞美教师,也有人称教师是"桃李满天下"的园丁。当你读到"悄悄地讲大师的故事"这一章时,也许你会有不同的感受。这里既有年仅3岁半的小儿,也有年逾古稀的老者;既有对老师的考验,也有对老师的崇敬;既有对老师的怀念,也有对老师的埋怨……你不妨去细细品味,感受这悠悠的师情。

不记得有谁说过这样一句话:"平平淡淡才是真。"诚然,平凡的人生也是美丽的。有着一颗善良的心,真诚地活过每一天的平凡人也同样令人肃然起敬。"多梦的花季"展示在你面前的是一个个鲜活而平凡的生命。他们的行为恰如一股股温馨的风,将你心里的一切烦恼和郁闷吹散,令你的心情豁然开朗,让你有一种莫名的感动。

"不朽的生命"是无法用尺度来衡量的。但要坚持走自己的路,真实地活过每一天也非易事。年轻的朋友,当你走过人生的一段路程,蓦然回首身后留下的一串脚印时,也许你就会领悟生命的意义了。

目录

一、高山仰止

英国王太后 …………………………………… 梁晓声(3)
哲人的爱 ……………………………………… 秦 牧(5)
"愚者"章太炎 ………………………………… 张 涛(7)
蔡元培的"爬格子"情结 ……………………… 陈明远(10)
我的早年生活 ……………………… [英]温斯顿·丘吉尔(13)
哭佩弦 ………………………………………… 郑振铎(16)
六十年的杂感 ………………………………… 王得厚(20)

作文链接

母爱的长河 …………………………………… 郭华敏(24)
我是一棵小树 ………………………………… 沈 湜(25)

二、名人点击

幽默与年龄	余 杰(29)
邓老爷子	聂卫平(31)
回忆鲁迅先生	萧 红(35)
关于敬一丹	张建星(38)
短文两篇	敬一丹(41)
我认识的鲁迅先生	巴 金(46)
此情可待	[俄]奥斯特洛夫斯卡娅(47)
百年前的李鸿章	王树增(51)

作文链接

月台	吴文英(56)
伤疤	黄春笋(57)

三、悄悄地讲大师的故事

中国硬笔书法第一人(节选)	杨东明(61)
我的老师	贾平凹(65)
华老师,你在哪儿?	王 蒙(68)
渡工与老师	祝贝贝(71)
考试	李家同(73)
师者老马	王 涛(76)
世纪末的怀念	张曼菱(78)

作文链接

- 老薛，祝您一路平安 ········· 高可意(83)
- 我们的大朋友 ········· 张心竹(85)
- 宝贝 ········· 卢含怡(86)
- 康乃馨的节日 ········· 佚 名(89)

四、多梦的花季

- 常想一二 ········· 陈文杰(93)
- 爱国少年 ········· [意]亚米契斯(94)
- 智斗 ········· 杜 磊(97)
- 病 ········· 佚 名(98)
- 秘密花园 ········· 佚 名(100)
- 心灵对白 ········· 黄雪蕻(103)
- 我的同桌罗柳青 ········· 王开岭(106)
- 聪明阿斗 ········· 寇延丁(110)
- 最后一个飞黄人 ········· 志 钢(112)
- 窗外吹箫的男孩 ········· 宋 歌(115)

作文链接

- 兴趣 ········· 佚 名(117)
- 似水年华 ········· 俞冬磊(119)
- 邂逅匆匆 ········· 周 智(121)

五、不朽的生命

看车棚的女人	曹多勇(125)
橘子	［日］芥川龙之介　朱金和　译(127)
命运的驱使	冯骥才(130)
听泉	韩静霆(134)
生命	［俄］奥斯特洛夫斯基(137)
渡河少年	佚　名(140)
窃书的故事	周作人(142)
理政严而猛　笔下山与水	王问靖(144)

作文链接

留下	佚　名(147)
我也衔过一枚青橄榄	佚　名(149)

高山仰止

○人○物○卷

每个人都是昆虫,但我确信,我是一个萤火虫。

名作家的皮箱

名作家盖达尔旅行时,有个小学生认出了他,抢着替他扛皮箱。皮箱的确太旧了,小学生说:

"先生是大名鼎鼎的,为什么用的皮箱却是随随便便的?"

盖达尔:"这样难道不好?如果皮箱是'大名鼎鼎'的,而我却是'随随便便'的,那岂不更糟?"

英国王太后 / ··· 梁晓声

"世纪偶像"、"全国人民热爱的祖母"、"皇族王冠上最绚烂的宝石"——这些仅仅是人们献给王太后的许多颂词中的几句。2002年3月30日,她在睡梦中安然离世。她是人们记忆中英国皇家最长寿的一位王太后,亲历并见证了上个世纪几次最重大的事件和历史时刻。

伊丽莎白生于1900年8月4日。14岁时,由于第一次世界大战的爆发,她正常的学业突然中止。她家在苏格兰的宅第——格拉姆斯堡也被用做战地医院救助伤员。伊丽莎白同她的母亲和姐姐罗西一道照顾伤员,为他们代笔给亲人写信,或是跑腿帮忙买烟。她还喜欢和伤兵们一起兴致勃勃地玩牌。这些经历使这位未来的英国王后接触到社会各阶层形形色色的人。这种素质一直使她成为英国王室最受欢迎的成员之一。

1923年4月26日,伊丽莎白和艾伯特王子(亦称伯蒂或约克公爵)在威斯敏斯特大教堂举行了婚礼。以后的14年里,夫妻两人过着平静而又幸福的生活。事实证明伊丽莎白对伯蒂是个莫大的支持。伯蒂性格腼腆,不善言谈,甚至显得有些笨拙。她还同一名言语矫治专家帮助他矫正口吃。

1936年,伯蒂的哥哥(爱德华八世)退位之后,伊丽莎白的丈夫伯蒂加冕,成为乔治六世。他身体羸弱,极为缺乏自信。由此伊丽莎白成了他身后掌握实权、辅佐执政的人物,帮助他从一个说话结巴、不善交际的次子成为一位深受人民爱戴和尊敬的君主。

1939年8月,随着希特勒入侵波兰,第二次世界大战爆发。英国内阁大臣们郑重请求伊丽莎白带女儿们去加拿大避难。她坚决回绝了这个建议,并声称"没有我公主们不会离开,没有国王我不会离开,而国王永远不会离开这里"。

她和其他王室成员一起到红十字救护中心、民防系统、防空洞、医院及兵工厂进行参观,慰问伤员等等,以鼓舞士气,安定民心。在那个特殊时期,这些礼节性活动的重要性怎么说也不过分。

在第二次世界大战期间,举国上下渴望齐心,共赴国难的时刻,她作为王后决定留在伦敦度过遭德军空袭时最困难的一段日子,起到了只有君王才能起到的凝聚和号召人民的作用。在白金汉宫遭到轰炸时,尽管她和国王可以到一个设备齐全、档次极高的防空洞中暂避,他们却没有去。"我几乎对遭到轰炸感到很欣慰,"她说,"现在我感觉自己可以问心无愧地面对东区的百姓了。"这番话成了战争中最令人难忘的话语之一。

1952年,乔治国王的去世使伊丽莎白51岁时就成了王太后,位列于她的女儿——伊丽莎白女王之后,从而开始了她一生中扮演时间最长的角色。作为王太后,她从未失去过人们的敬畏和自身的影响力。新女王登基时只有25岁,对母后的建议极为倚重。国民对这位和善的"皇娘"从未失去过爱戴,在他们的心目中,她以极好的风度扮演着这一角色,直到90多岁,她仍然公务缠身,每天紧张忙碌着,同时依旧保持着平易近人的本色,比如,她很喜欢喝上一两杯杜松子酒,观看赛马或是去钓鲑鱼。

多年以后,经历了孙媳妇威尔士王妃戴安娜的婚变和去世这样沉重的打击,王太后依然是皇族中最富有活力、最受欢迎的一员,她似乎为这个踯躅在共和制边缘的国家继续保留君主政体提供了一个强有力的理由。

与你共品
yu ni gong pin

"没有我公主们不会离开,没有国王我不会离开,而国王永远不会离开这里。"伊丽莎白如是说。作为英国皇室的一位成功的王太后,伊丽莎白无愧于"皇族王冠上最绚烂的宝石"之称。年少时不凡的经历形成了她一生良好的道德修养。伊丽莎白在一生中经历了两次世界大战,生活并不平静。她从公主、王后到王太后,却始终是作为国民心目中权力与安宁的象征。在她身上,我们看不到政界内的相互周旋、觊觎、内耗、角逐,而是一位雍容闲雅、平易近人却又坚忍不拔的和婉的女性形象。

本文以洗练的文字介绍了这位英国王太后的平生经历,在向读者呈现了她成功而有意义的一生的同时,更阐释了当今英国保留君主政体的缘由。

★仔细阅读全文，结合第二自然段内容谈一谈你对"这种素质一直使她成为英国王室最受欢迎的成员之一"的原因的理解。

★主人公在二战中国家危难时的举止和言论表现了她怎样的性格特点与道德素质？

★你认为英国仍能保持君主政体的原因是什么？为什么？

哲人的爱 / ···秦 牧

好几年前，我读过一则消息：青岛医学院教授沈福彭，1982年2月因病去世，他生前殚精竭虑，尽瘁教学，亲嘱死后将遗体献给医学教育事业，五脏作局部解剖教学用，骨骼制成标本，供示教用，用遗体"再站一班岗"。这则消息使我大受震撼，掩卷沉思，神驰渤海之滨。一个彻底唯物主义者的献身精神，一个哲人对群体无私的爱，尽在不言之中了。

继沈福彭教授之后，北京医科大学前任校长胡傅揆教授也自愿地把遗体献给学校作为骨骼标本。这两位医学教授的事迹先后辉映。据我所知，遗嘱捐赠肾脏、眼球，以至于躯体的事虽有不少，但是指定把自己的遗体制作骨骼标本供教学用的事我极少听到。中国先进的知识分子舍己为群，献身祖国的精神和崇高风格，从这样的事例中也可以想见一二了。

1987年底，我突然接到青岛医学院一封来信。里面除了信件外，还有一张人体骨骼照片，那就是沈教授遗留下来的骨骼标本了。信里有这样的话："他去世后，由他的学生将骨骼制成骨架，陈放在青岛医学院解剖学考古室的标本室里(外有玻璃罩)，人们每过此室，都以十分崇敬的心情，瞻仰骨架。"信末这样说:"秦老……你能否为我院沈教授写几句话,如蒙赐字,我们将把它刻在玻璃罩上……"

我端详着那张骨架照片,百感纷纭。这具髑(dú)髅给予我的不是忧惧、哀伤,而是亲切、鼓舞。我把照片放在写字台的玻璃板下,早晚工作时经常瞧它几眼,我觉得它对我的灵魂有净化的作用,犹如明矾之可以净水一样。我的写字台的玻璃板下,没有任何绮年玉貌、皓齿明眸的明星歌星的照片,却有这么一张髑髅的照片。每当面对这张照片时,崇敬、可亲的感情便会驱除一切渺不足道的杂念。

这副骨架照片仿佛给了我一道无声的命令,迫使我不得不构思那将被刻在玻璃罩上的几十个字。

平素写些小文章我是不起草稿的,但是为了写这几十个字,夜里,我不由自主地来到附近僻静的街道上长时间漫步、思索、酝酿。我想起了一位文豪类似这样意思的话:"当你拿起笔来的时候,如果不是蘸着自己的血来写的话,那就不要动笔。"

那夜月色溶溶,柠檬桉雪白的树干显得十分高洁。月光透过凤凰木,洒落了一地斑驳的光点。长街寂寂,阒(qù)无行人,我来回踱步,一次、一次又一次。那具髑髅在我眼前冉冉腾起,渐渐地还原为血肉之躯:他埋头在灯下研读,他屹立在讲坛上讲学,他以深邃的眼光凝视人群,毅然写下献出骨骼遗嘱的情景历历如在目前。我虽不是教徒,却涌起一种教徒似的心情,渴望能够有个和神圣的魂魄对话的机会。

有人死了,还要造地宫,造金字塔,棺上要加内椁(guǒ),外椁,死者仿佛撑开了棺盖,伸出手来喊道:"再给我东西!"有人死时,临终还拼尽气力,讲出这么一句话:"我想再奉献!"掠夺者和奉献者之间的距离,该是多么遥远?

那夜我在街上盘桓了很久,回家后对着骨架照片,铺开稿纸,写了一张又撕了一张,最后,拼却我的心力,终于写出了这么几十个字的《献词》:

他生前叮嘱献出遗骸,指定骨架标本在这儿陈摆。

玻璃橱里是他特殊的坟,玻璃罩外是他浩瀚的爱!

一纸遗嘱直如震世春雷,一宗心愿想见哲人气概。

让我们脚步轻轻走进大厅,伫立丰碑之前默默礼拜。

 与你共品

文章通过对青岛医学院沈福彭教授,亲嘱死后将遗体献给医学教育事业的事,高度赞扬了老教授的高风亮节。作者饱含崇敬之情,用深情的笔触,再现了老教授生命的意义:他把自己的一切都献给了社会,他为热爱的事业捐献遗体。他的所作所为就是一座令人景仰的丰碑。

 个性独悟

★"哲人"的意思是什么?"再站一班岗"引号的作用是什么?"神驰渤海之滨"的意思是什么?

★本文写的是沈福彭教授,那么写胡传揆教授的用意何在呢?

★第四自然段中画线的句子与本段哪句话意思相近?

★怎样理解"玻璃罩外是他浩瀚的爱"和"丰碑"一词?第八自然段的内容和表现手法与哪篇文章相似?

 快乐阅读

"愚者"章太炎 / ···张 涝

自认神经有病

章太炎,有人送绰号章疯子,言其天不怕地不怕。早年旅居东京时,日本警察厅调查户口,发表格要他填写,他填,出身:私生子;职业:圣人;年龄:万寿无

疆。在东京,留日学生万人集会欢迎他,他致词述平生经历与做人风格,竟公开承认自己患有神经病,语出惊人。他说:"大概为人在世,倘被人说作疯癫,断然自己不肯承认;除却那笑傲山水的诗家画伯一流人物,又作别论,其余总是一样。独有兄弟却承认我是疯癫,我是神经病,而且听到这样说法,反而格外高兴。为什么呢?大凡非常可怪的议论,不是神经病人不能百折不回,孤行己意,所以古来有大学问成大事业的人,必得有神经病才能做到。"他接着说:"兄弟承认自己有神经病,也愿同志都有一两分。但任何人不怕有神经病,只怕富贵利禄当前的时候,那神经病就好了,这才是要不得哩。这总是脚跟不稳,自会造成什么气候。兄弟平生,尽管为此吃尽苦头,却没有一丝一毫的懊悔,凭你什么猛药,这神经病也总治不好。"

一生"糊涂"

晚年的章太炎,经常在夕阳影里,乘了一辆自备黄包车,招摇过市。他患近视,对路人全都视若无睹。车夫的年纪和他差不多,二老一坐一拉,相映成趣。下车后车夫扶着章太炎上石阶,彼此摇摇晃晃,你扶着我,我扶着你。章太炎不会认路,有一次在上海,他外出买烟,离家仅五六十步,便走错了路,而且忘了门牌,只能沿途问人。其询问方式也很特殊:"我的家在哪里?"被问者莫不认为其疯了。又有一次,章太炎由南京返沪,其家人误记火车班次,他独自出站后,雇了一辆马车,车夫问他去哪儿,他回答:"我的家里。"结果只能在市内兜圈子,他家中派了十余人,到处追踪,终于在大世界碰到了,此时已兜圈子大半天了。因此平日章太炎出门,非有人跟随不可,以免丢失。章太炎早年就有糊涂的毛病,不认得自己家在何处。有一次他在朋友家剪烛长谈,到天亮困极思睡,误入邻家,倒床即眠。等到邻家主妇返室,见了大哗,他却张眼茫然,说:"我正酣眠,你们何必推醒我呢?"

章太炎吃饭也占一"绝"。每次吃饭,他只吃面前的一碟菜,碰到鱼便一口吞下,连骨头也不吐。平日手不停烟,但抽烟技术很差,弄得烟尾濡湿,未吸及三分之二,便只好丢在痰盂里。

有人叙述章太炎不知金钱为何物,更不明钞票的用途。买烟一包,即予5元,欲做大衣,也给5元,建屋订金,照样付给5元。对世俗琐事的"不通"竟至如此。

章太炎到了晚年,仍沉浸于书堆里,不改书痴本色。每每夜半醒来,忽忆及某书某事,即起床大翻其书,通宵达旦,乐而不倦,虽在寒冬,也不知加衣服。天明后仆役进屋洒扫,见到他裸着身体,持卷呆立,形如木鸡,惊叫:"老爷要伤风了,还不快穿衣服!"

与你共品

　　章太炎是清末民国时期的著名学者,他一生著书立说,闻名于海内外。

　　但他更有一些趣闻轶事,可谓一绝。他说他有神经病,是疯子,并且希望他的同志有一两分。在生活琐事上,可说章太炎还不如一个小孩。他会走丢,他不认识自己的家,他不知钱为何物。

　　文章将一个现实生活中的章太炎写得"愚气"十足,惟其如此,这才是真正的章太炎!

　　真正的章太炎一生研究学问,真正的章太炎执著地追求自己的人生!

　　文章撷取生活中的琐事来写章太炎,既真实可信又妙趣横生。

个性独悟

★从哪些方面可以看出章太炎的"疯"?
★"愚者"章太炎,"愚者"为何打引号?
★在日常生活中,从哪些方面看出章太炎的"愚"?
★最后一段写章太炎读书如痴,有何作用?

快乐阅读

蔡元培的"爬格子"情结 / ···陈明远

近几年来,"北大之父"蔡元培的名字格外凸现出世纪的光辉。他对于新文化运动的贡献,已不用后生赘述。但他早年新思想受孕期的一大关键,似乎所知者不多。这就是他在90多年以前旅欧留学"爬格子"为生的经历。

蔡元培于清代同治六年(丁卯)阴历十二月十七日,即公元1868年1月11日生于浙江省绍兴县,光绪十五年(己丑)即公元1889年21岁时就考中举人,光绪十八年(壬辰)即公元1892年24岁时于北京保和殿应试考取进士、入翰林院充庶吉士(那时毛泽东、郭沫若等刚诞生)。甲午年即公元1894年26岁时授职"编修"。1898年戊戌变法维新不久,他目睹慈禧太后发动政变屠杀"六君子"、罢免维新官员数十人,痛感清朝"无可希望",遂抛弃官职回故乡绍兴就任"中西学堂"监督,自认为"服务于新式学校的开始"。1901年赴上海出任南洋公学特班总教习,后来又任中国教育会长兼商务印书馆编译所长。他首先订立国文、历史、地理三种教科书编撰体例,每一课文稿酬(编辑费)5角钱。(陈注:当时银圆1圆约合人民币80圆,5角合今40圆。)

为了开拓现代化的道路走向世界,当时出国留学或考察蔚然成风,大多是公费官派,名额有限;所去国又以日本为多,欧洲很少。已经37岁走入"下半生"的蔡元培,毅然辞职赴青岛从头学习德语,准备留学德国。

1906年他闻讯北京翰林院有"公派"出国留学的机会,急忙赶去,但这个计划搁浅了。蔡不甘心,再三联络,向当时我国驻德国公使孙宝琦申请,欲随同前往德国在使馆兼任"半职"差事、半日在柏林大学听课,以遂赴欧洲留学的心愿。这时,他已是临近不惑之年、必须抚养妻儿四口、负担甚重的一家之长了。

孙宝琦答应每月助银子30两,即42银圆(约合今3200圆)。于是在1907年春末,蔡元培随同中国驻德国公使,由西伯利亚大铁路经莫斯科到达柏林。但是公使馆只应允照顾食宿,不提供职务和薪金。居柏林,大不易!

眼看财路不济,怎么办是好呢?蔡元培作了一个当时可称大智大勇的决定:既不求"官费"也不用老家变卖家产筹划"私费",而以在国外"爬格子"著述编译所得稿酬、编辑费,自筹留学费用。据我所知,这乃是我国最早的知识阶层中,采取"爬格子"半工半读方式而获得成功的第一人。

他通过同年同乡挚友张元济先生向上海商务印书馆商洽,特约蔡元培在欧洲为该馆著文或编译,按照 1000 字 3 圆(编译)和 5 圆(著述)的标准,每月致稿酬 100 银圆(约合今 8000 圆)。一部分汇款到德国给蔡元培作为留学费用,一部分交国内妻儿四口作为家用。

蔡元培一不靠官、二不靠商,完全自食其力、自行其是。他严格遵守了协议,留学期间著述不辍。根据今天所能看到的蔡元培稿酬账单,1910 年商务印书馆汇付给他 1621 德国马克,合国币 900 圆;支付国内蔡夫人国币 250 圆;代付购寄书报等费用为国币 46 圆,连同历年余额尚结存 200 圆(当时物价 1 块银圆可买 44 斤大米、约合今 60 圆)。

辛亥革命时,蔡元培归国。他应中华民国临时大总统孙中山之召,首任民国教育总长。1912 年 4 月赴北京,7 月拒绝与袁世凯合作而坚决辞职。1913 年蔡元培又赴法国,商务印书馆继续约稿付酬,以编译费支持他在欧洲游学考察。这时他"爬格子"的稿酬增加了:每天以一半时间编著 1000 字,每月 3 万字可得 200 圆,即 1000 字 7 圆。

从 1907 到 1915 年,蔡元培先后旅欧留学几年期间只靠"爬格子"半工半读,撰写了《世界观与人生观》、《文明之消化》等论文,寄给商务印书馆印行的《东方杂志》、《教育杂志》发表,还根据在德、法进修得到的新知识,结合国情编著了《哲学大纲》、《伦理学原理》、《中国伦理学史》、《中学修身》、《艺术谈概(欧洲美术小史)》等,由商务印书馆在上海出版。

1916 年冬,蔡元培由欧洲归国,出任北京大学校长。他首创"思想自由、兼容并包"的办校方针,力主"不嫖、不赌、不纳妾;不当官僚、不做政客;不酗酒、不抽烟、不杀生"的八戒进德会。在他的教导感化之下,一扫清朝京师大学堂以来的封建官僚腐败习气;脱胎换骨、风貌一新。五四运动前后,北京大学成为了"民主与科学"的堡垒,新文化运动的摇篮……而这一切,是跟蔡元培旅欧留学期间接受的新思潮分不开的。

蔡元培在德、法留学多年依靠"爬格子"为生的亲身经历,影响深远;此后,他特别尊重和爱惜"爬格子"的人才,这有他一系列言行为证,举不胜举。不妨称之为"爬格子情结"吧。陈独秀、胡适之、李大钊、鲁迅、周作人等"爬格子"的新文化闯将,都是他在北大时期一手扶植起来的。特别对于比他年轻 13 岁的鲁迅。蔡元培在民国教育总长任内,举荐初出茅庐的周树人(后来的鲁迅)为教育部公务员主管美育,月津贴60圆,不久定月薪300圆;他在北京大学校长任内,聘请鲁迅为中国小说史讲师;他在大学院院长任内,又聘请鲁迅为特约撰稿人,月薪300圆,提供"爬格子"的优越条件。这些,在鲁迅一生的几个关键时刻,起了很大的作用。鲁迅很念此旧情。

1923年蔡元培为抗议北洋军阀政府,发表《不合作宣言》,愤然辞去北京大学校长的职务。7月举家赴西欧。这次的费用,仍由商务印书馆采取约稿付酬的办法,使他有固定收入。商务印书馆约请他编写师范和高中所用《哲学纲要》等教科书,并为《东方杂志》撰写论文及杂记。每月致编译费200圆、调查费100圆,共计300圆(当时物价变化,约合今10000多圆)。蔡元培在欧洲期间,写出了《中国之文艺中兴》和《简易哲学纲要》等重要著作。1926年2月由欧洲回到上海。

蔡元培开风气之先。从他开始,在国外以著述编译所得稿酬自筹留学经费,采取"爬格子"半工半读方式而获得成功的人,还有很多。他们的信念是:

自食其力,自行其是,自得其乐,独立精神(周有光语);

独立人格,独立思考,独立行为,自由达观(宗白华语)。

与你共品

"情结"是深藏于心底的感情,蔡元培先生对"爬格子"情有独钟,一方面是他靠"爬格子"半工半读,首开"爬格子"自筹学杂费及谋生的风气而获成功,以至于功成名就;另一方面是他尊重和爱惜"爬格子"的人才,造就了一批如鲁迅等这样的大师。

"爬格子"需要的不仅是文字功底和文化涵养,更需要勤奋踏实的精神和坚持不懈的韧劲,蔡元培先生还在"爬格子"里赋予了自己自食其力的个性光彩和谨守协议的诚信品质。在抗议北洋军阀政府,愤然辞去北大校长职务后仍以"爬格子"为生的决断中,更闪耀着他以凛然正义与傲然骨气为内核的人格魅力。

蔡元培先生著述颇丰,有许多独到的观点和思想,这与他的"爬格子情结"是密不可分的。

个性独悟

★ 文章写到了蔡元培四次辞职,从中我们可以看到他什么样的性格特征?

★ 文章中多次写到蔡元培的稿费,而且报酬是越来越高,越来越多,这样写的作用是什么?

★ 文中特别写到了蔡元培先生出任北大校长时的哪些举措,其影响是什么?

★ 文章中写到蔡元培先生多次出国留学,结合其出任北大校长的作为,说说这样写的作用。

快乐阅读

我的早年生活

[英] 温斯顿·丘吉尔

"每个人都是昆虫,但我确信,我是一个萤火虫。"

刚满12岁,我就步入了"考试"这块冷漠的领地。主考官们最心爱的科目,几乎毫无例外地都是我最不喜欢的。我喜爱历史、诗歌和写作,而主考官们却偏爱拉丁文和数学,而且他们的意愿总是占上风。不仅如此,我乐意别人问我所知道的东西,可他们却总是问我不知道的。我本来愿意显露一下自己的学识,而他们则千方百计地揭露我的无知。这样一来,只能出现一种结果:场场考试,场场失败。

　　我进入哈罗公学的入学考试是极其严格的。校长威尔登博士对我的拉丁文作文宽宏大量,证明他独具慧眼,能判断我全面的能力。这非常难得,因为拉丁文试卷上的问题我一个也答不上来。我在试卷上首先写上自己的名字,再写上试题的编号"1",经过再三考虑,又在"1"的外面加上一个括号,因而成为〔1〕。但这以后,我就什么也不会了。我干瞪眼没办法,在这种惨境中整整熬了两个小时,最后仁慈的监考老师总算收去了我的考卷。正是从这些表明我的学识水平的蛛丝马迹中,威尔登博士断定我有资格进哈罗公学上学。这说明,他能通过现象看到事情的本质。他是一个不以卷面分数取人的人,直到现在我还非常尊敬他。

　　结果,我当即被编到低年级最差的一个班里。实际上,我的名次居全校倒数第三。而最令人遗憾的是,最后两名同学没上几天学,就由于疾病或其他原因而相继退学了。

　　在这种尴尬的处境中,我继续待了近一年。正是由于长期在差班里待着,我获得了比那些聪明的学生更多的优势。他们全都继续学习拉丁语、希腊语以及诸如此类的辉煌的学科,我则被看做是个只会学英语的笨学生。我只管把一般英语的基本结构牢记在心——这是光荣的事情。几年以后,当我的那些因创作优美的拉丁文诗歌和辛辣的希腊讽刺诗而获奖成名的同学,不得不靠普通的英语来谋生或者开拓事业的时候,我一点也不觉得自己比他们差。自然我倾向让孩子们学习英语。我会首先让他们都学英语,然后再让聪明些的孩子们学习拉丁语作为一种荣耀,学习希腊语作为一种享受。但只有一件事我会强迫他们去做,那就是不能不懂英语。

　　我一方面在最低年级停滞不前,而另一方面却能一字不漏地背诵麦考利的1200行史诗,并获得了全校的优胜奖。这着实让人觉得自相矛盾。我在几乎是全校最后一名的同时,却又成功地通过了军队的征兵考试。就我在学校的名次来看,这次考试的结果出人意料,因为许多名次在我前面的人都失败了。我也是碰巧遇到了好运——在考试中,将要凭记忆绘一张某个国家的地图。在考试的前一天晚上,我将地球仪上所有国家的名字都写在纸条上放进帽子里,然后从中抽出了写有"新西兰"国名的纸条。接着我就大用其功,将这个国家的地理状况记得滚瓜烂熟。不料,第二天考试中的第一道题就是:"绘出新西兰地图。"

　　我开始了军旅生涯。这个选择完全是由于我收集玩具锡兵的结果。我有近

1500个锡兵,组织得像一个步兵师,还下辖一个骑兵旅。我弟弟杰克统领的则是"敌军"。但是我们制定了条约,不许他发展炮兵。这非常重要!

一天,父亲亲自对"部队"进行了正式的视察。所有的"部队"都整装待发。父亲敏锐的目光具有强大的威慑力。他花了20分钟的时间来研究"部队"的阵容。最后他问我想不想当军人。我想统领一支部队一定很光彩,所以马上回答:"想。"现在,我的话被当真了。多年来,我一直以为父亲发现了我具有天才军事家的素质。但是,后来我才知道,他当时只是断定我不具备当律师的聪慧。他自己也只是最近才升到下议院议长和财政大臣的职位,而且一直处在政治的前沿。不管怎样,小锡兵改变了我的生活志向,从那时起,我的希望就是考入桑赫斯特皇家军事学院。再后来,就是学军事专业的各项技能。至于别的事情,那只有靠自己去探索、实践和学习了。

与你共品
yu ni gong pin

  这是丘吉尔总结自己青少年时代学习、生活情况的文章,是一篇自传。

  从文中我们得知,丘吉尔少年时是个在校成绩很差的学生,正如他自己所说的那样:"我喜爱历史、诗歌和写作,而主考官们却偏爱拉丁文和数学,而且他们的意愿总是占上风。"但是他并没有放弃自己的爱好,而是不断地培养自己的兴趣;并且他也没有因为在校的学习成绩差而丧失信心,相反,丘吉尔很好地利用了他的兴趣、爱好,并因此还得到了回报。他自信地说:"每个人都是昆虫,但我确信,我是一个萤火虫。"正是因为丘吉尔正确地认识了自己,并不断挖掘自身的潜力,在知识与能力之间寻找着最佳平衡点,才使其在日后的学习、工作中取得了成功。

  亲爱的同学们,你能从中得到一些启示吗?

  本文笔调轻松幽默,语言浅显易懂,但却蕴意深刻。

★丘吉尔在哈罗公学的收获是什么？

★丘吉尔成功地通过了军队的征兵考试,仅仅是因为他"碰巧遇到了好运"吗？

★你的学习成绩属哪个等级?写出你值得"炫耀"的地方,像丘吉尔相信他是只萤火虫一样。

哭佩弦 / 郑振铎

　　从抗战以来,接连的有好几位少年时候的朋友去世了,哭地山、哭六逸、哭济之,想不到如今又哭佩弦了。在朋友们中,佩弦的身体算是很结实的。矮矮的个子,方而微圆的脸,不怎么肥胖,但也绝不瘦。一眼望过去,便是结结实实的一位学者。说话的声音,徐缓而有力。不多说废话,从不开玩笑;纯然是忠厚而笃实的君子。写信也往往是寥寥的几句,意尽而止。但遇到讨论什么问题的时候,却滔滔不绝。他的文章,也是那么的不蔓不枝,恰到好处,增加不了一句,也删节不掉一句。

　　他做什么事都负责到底。他的《背影》,就可作为他自己的一个描写。他的家庭负担不轻,但他全力地负担着,不叹一句苦。他教了三十多年的书,在南方各地教,在北平教;在中学里教,在大学里教。他从来不肯马马虎虎地教过去。每上一堂课,在他是一件大事。尽管教得很熟的教材,但他在上课之前,还须仔细的预备着。一边走上课堂,一边还是十分的紧张。记得在清华大学的时候,有一次我在他办公室里坐着,见他紧张地在翻书。我问道:

　　"下一点钟有课吗？"

"有的。"他说道,"总得要看看。"

像这样负责的教员,恐怕是不多见的。他写文章时,也是以这样的态度来写。写得很慢,改了又改,决不肯草率地拿出去发表。我上半年为《文艺复兴》的"中国文学研究"号向他要稿子,他寄了一篇《好与巧》来;这是一篇结实而用力之作。但过了几天,他又来了一封快信,说,还要修改一下,要我把原稿寄回给他。我寄了回去。不久,修改的稿子来了,增加了不少有力的例证。他就是那末不肯马马虎虎地过下去的!

他的主张,向来是老成持重的。

将近二十年了,我们同在北平。有一天,在燕京大学南大地一位友人处晚餐。我们热烈地辩论着"中国字"是不是艺术的问题。向来总是"书画"同称。我却反对这个传统的观念。大家提出了许多意见。有的说,艺术是有个性的;中国字有个性,所以是艺术。又有的说,中国字有组织,有变化,极富于美术的标准。我却极力地反对着他们的主张。我说,中国字有个性,难道别国的字便表现不出个性了么?要说写得美,那末,梵文和蒙古文写得也是十分匀美的。这样的辩论,当然是不会有结果的。

临走的时候,有一位朋友还说,他要编一部《中国艺术史》,一定要把中国书法的一部分放进去。我说,如果把"书"也和"画"同样的并列在艺术史里,那末,这部艺术史一定不成其为艺术史的。

当时,有12人在座。9人都反对我的意见,只有冯芝生和我意见全同。佩弦一声也不言语。我问道:

"佩弦,你的主张怎样呢?"

他郑重地说道:"我算是半个赞成的吧。说起来,字的确是不应该成为美术。不过,中国的书法,也有他长久的传统的历史。所以,我只赞成一半。"

这场辩论我至今还鲜明的在眼前。但老成持重,一半和我同调的佩弦却已不在人间,不能再参加那末热烈的争论了。

这样的一位结结实实的人,怎么会刚过五十便去世了呢?——我说"结结实实",这是我十多年前的印象。在抗战中,我们便没有见过。在抗战中,他从北平随了学校撤退到后方。他跟着学生徒步跑,跑到长沙,又跑到昆明。还照料着学校图书馆里搬出来的几千箱的书籍。这一次的长征,也许使他结结实实的身体开始受了伤。

在昆明联大的时候,他的生活很苦。他的夫人和孩子们都不能在身边,为了经济的拮据,只能让他们住在成都。听说,食米的恶劣,使他开始有了胃病。

他是一位有名的衣履不周的教授之一。冬天,没有大衣,把马夫用的毡子裹在身上,就作为大衣;而在夜里,这一条毡子便又作为棉被用。

有人来说,佩弦瘦了,头上也有了白发。我没有想像到佩弦瘦到什么样子;我的印象中,他始终是一位结结实实的矮个子。

胜利以后,大家都复员了,应该可以见到。但他为了经济的关系,径从内地到北平去,并没有经过南方。我始终没有见到瘦了后的佩弦。

在北平,他还是过得很苦。他并没有松下一口气来。

暑假后,是他应该休假的一年。我们都盼望他能够到南边来游一趟。谁知道在假期里他便一瞑不视了呢?我永远不会再有机会见到瘦了后的佩弦了!

佩弦虽然在胜利三年后去世,其实他是为抗战而牺牲者之一。那末结结实实的身体,如果不经过抗战的这一个阶段的至窘极苦的生活,他怎么会瘦弱了下去而死了呢?他的致死的病是胃溃疡与肾脏炎。积年的吃了多少沙粒和稗子的配给米,是主要的原因。积年的缺乏营养与过度的工作,使他一病便不起。尽管有许多人发了国难财,胜利财,乃至汉奸们也发了财而逍遥法外,许多瘦子都变成了肥头大脸的胖子,但像佩弦那样的文人、学者与教授,却只是天天地瘦下去,以至于病倒而死。就在胜利后,他们过的还是那末苦难的日子,与可悲愤的生活。

在这个悲愤苦难的时代,连老成持重的佩弦,也会是充满了悲愤的。在报纸上,见到有佩弦签名的有意义的宣言不少。他曾经对他的学生们说,"给我以时间,我要慢慢的学"。他在走上一条新的路上来了。可惜的是,他正在走着,他的旧伤痕却使他倒了下去。

他花了整整一年工夫,编成《闻一多全集》。他既担任着这一工作,他便勤勤恳恳的专心一志的负责到底的做着。《闻一多全集》的能够出版,他的力量是最大的;他所费的时间也最多。我们读到他的《闻一多全集》的序,对于他的"不负死友"的精神,该怎样的感动。

地山刚刚走上一条新的路,便死了;如今佩弦又是这样。过了中年的人要蜕变是不容易的。而过了中年的人经过了这十多年的折磨之后,又是多末脆弱啊!佩弦的死,不仅是朋友们该失声痛哭,哭这位忠厚笃实的好友的损失,而且也是中国的一个重大的损失,损失了那末一位认真而诚恳的教师,学者与文人!

与你共品

本文作者郑振铎(1898~1958),现代著名作家、文学史家,福建长乐人。1921年与茅盾、王统照发起成立我国第一个文学社团"文学研究会"。作品有短篇小说集《取火者的逮捕》,文学研究著作《文学大纲》等。这是一篇回忆纪念性的文章。作者通过对朱自清先生的一些往事的回忆,抒发了对这位忠厚笃实、老成持重、勤恳负责的少年时代的好友的去世的无限哀痛和深切悼念。阅读时,要注意体会作者能够巧妙地把握人物的语言、外貌特征及通过人物的点滴小事展示人物的思想性格。

个性独悟

★请你用自己的语言结合文章概括一下佩弦先生是怎么样性格的一个人。

★文中的哪一段与开头段中"一眼望过去,便是结结实实的一位学者"相照应,这段在全文结构中起什么作用?

★作者在文章开头段落写"一眼望过去,便是结结实实的一位学者",而后文写佩弦"做什么事情都负责到底"、"他的主张,向来老成持重的"。这跟佩弦的外貌特征有什么联系,试作分析。

★文章的第二十一自然段似乎与第二十段衔接不紧密,能否删掉?为什么?

六十年的杂感 / ···王得厚

鲁迅逝世60年了,到今年10月19日。

鲁迅有墓,在上海。当初在万国公墓,1956年10月14日迁于虹口公园。现在也改名为鲁迅公园了。

然而,鲁迅说:"死者倘不埋在活人心中,那就真真死掉了。"这60年,鲁迅没有"真真死掉"。亲近他的、信服他的、爱戴他的、利用他的、攻击他的、冷落他的、敬而远之的、谬托知己的、舐皮论骨的,和他生前一样。自然,一定有变化,不过迄今只是数量的增减而已。

这不是好事情:人们纪念鲁迅,却忘记了他的遗嘱。或者根本不知道。比如:

"三、不要做任何关于纪念的事情。"

"四、忘记我,管自己生活。——倘不,那就真是糊涂虫。"

"六、别人应许给你的事物,不可当真。"

"七、损着别人的牙眼,却反对报复,主张宽容的人,万勿和他接近。"

全部遗嘱,不过七条。想得到,说得出,鲁迅的平凡在此,鲁迅的卓异也在此。

一

过了60年,鲁迅博物馆的鲁迅生平展览,在他的遗像下面才展出他的这一段自白:"自问数十年来,于自己保存之外,也时时想到中国,想到将来,愿为大家出一点微力,却可以自白的。"

这是1934年5月22日写给《集外集》编者——1976年成立鲁迅研究室经毛主席圈定出任八顾问之一的杨霁云先生的信里的话。这段话之前有"平生所做事,决不能如来示之誉",之后还有"倘再与叭儿较,则心力更多白费,故《围剿十年》或当于暇日作之"。

这样朴素、实在地总结一生的自白,几十年为人们所不取,为研究者所讳言,只因为鲁迅说了"于自己保存之外"!

奇怪的是，人们却又铺天盖地大书特书"学习鲁迅的'壕堑战'"、"学习鲁迅的'韧'性战斗精神"云云。

什么是"壕堑战"呢？鲁迅说："欧战的时候，最重'壕堑战'，战士伏在壕中，有时吸烟，也唱歌，打纸牌，喝酒，也在壕内开美术展览会，但有时忽向敌人开他几枪。中国多暗箭，挺身而出的勇士容易丧命，这种战法是必要的罢。"这不就是"于自己保存之外"开他几枪么？

60年了，60年时间的流逝洗涤旧迹。泪揩了，血清了，后死者有时忘乎所以，想入非非，以为当时颇宽容。竟不记得鲁迅的"钻网"的法子，"自己先抽去了几根骨头"因而还留下了骨头。乃至于鲁迅用了那么多笔名也不以为意了。

的确，鲁迅是倡导"生命第一"的，他不忍用牺牲，也不劝别人去做牺牲。他说："自己活着的人没有劝别人去死的权力，假使你自己以为死是好的，那末请你自己先去死吧。诸君中恐有钱人不多罢。那末，我们穷人唯一的资本就是生命。以生命来投资，为社会做一点事，总得多赚一点利才好；以生命来做利息小的牺牲，是不值得的。"

于是又有人嬉皮笑脸，挖苦鲁迅住"且介亭"，是"聪明人"了。可鲁迅不但说"恐怕也有时会逼到非短兵相接不可的，这时候，没有法子，就短兵相接"，而且真的对付过一群流氓，几支手枪，政府的通缉，在那"中国式的法西斯开始流行"的时代。我们怎么样呢？

二

鲁迅逝世前10年，说："我们目下的当务之急，是：一要生存，二要温饱，三要发展。苟有阻碍这前途者，无论是古是今，是人是鬼，是《三坟》《五典》，百宋千元，天球河图，金人玉佛，祖传丸散，秘制膏丹，全都踏倒他。"随即又补充，"可是还得附加几句话以免误解，就是：我之所谓生存，并不是苟活；所谓温饱，并不是奢侈；所谓发展，也不是放纵。"又有什么错？

错还是错的。错就错在这些话都是鲁迅前期说的。谁叫他有个前期后期？谁叫他前期世界观错了？前期说得都错；后期说得都对，世界观一错百错；世界观对头全对。

谢谢。你看，1934年，谁都划在"后期"吧？鲁迅依然说："人固然应该生存，但为的是进化；也不妨受苦，但为的是解除将来的一切苦；更应该战斗，但为的是改革。"怎么样？而且，请拿儒、道、佛，还有独成一家的庄子他们的主张来比较比较吧:关于人活着做什么?怎样活着?为什么活着?谁的思想更符合人情?更具有理性?更像人样?

三

鲁迅不是讲"斗争"吗?他就是"斗争哲学"!

鲁迅还主张打落水狗;他文章的题目就公然写着"论'费厄泼赖'应该缓行"。这是万恶的激进主义!

鲁迅临死前竟表示:"我的怨敌可谓多点,倘有新式的人问起我来,怎么回答呢?我想了一想,决定的是:让他们怨恨去,我也一个都不宽恕。"多么可怕的至死不悟呵!"礼之用,和为贵!先王之道,斯为美!!""费厄泼赖"应该实行!!!

爱护鲁迅形象的人们,喜欢为鲁迅"辩诬",常常为鲁迅"辩诬"。"斗争"不兴了,"激进主义"不好了。"宽恕"才是美德呀,于是又来辩诬,那方法不是说明事物的本身,主张的理由,而是寻找别一事物,别一主张,别一方面,"横眉冷对千夫指"是片面的,他还有"俯首甘为孺子牛"的一面呀!于是鲁迅总像个"十全老人"。

其实,鲁迅自己说得很清楚:"斗争呢,我倒以为是对的。人被压迫了,为什么不斗争?""要指责鲁迅所主张斗争"不对,就必须直接回答鲁迅的这一提问。

在我们中国,这样的答案是早有了的:"臣罪当诛兮天王圣明!"不过鲁迅以为这是"理想奴才"。

"一个活人,当然是总想活下去的,就是真正老牌的奴隶,也还在打熬着要活下去。然而自己明知道是奴隶,打熬着,并且不平着,挣扎着,一面'意图'挣脱以至实行挣脱的,即使暂时失败,还是套上了镣铐罢,他却不过是单单的奴隶。如果从奴隶生活中对出'美'来,赞叹,抚摩,陶醉,那可简直是万劫不复的奴才了,他使自己和别人永远安住于这生活。就因为奴群中有这一点差别,所以使社会有平安和不平安的差别,而在文学上,就分明地显现了麻醉和战斗的不同。"——鲁迅又这样说。

四

鲁迅逝世60年了,到今年的10月19日。

按照我们中国传统的说法,这是他的冥寿。也就是他仍然活着,不是在人间,而是在非人间,而且他已经"耳顺"了。那么,捧的,骂的,嬉皮笑脸的,什么意见他都能听得了。

按照我们中国传统的纪年,恰恰一个花甲。新一轮甲子接着就开始了。

这是真的。还是鲁迅自己说得实在:"其实我也不必多说了,我所要说,都在几十本著作里了。"

只要鲁迅的书在,而且有人读,比什么纪念都好。鲁迅早说过他"得了新的启示:凡纪念,'礼'而已矣"。

与你共品

　　这是写于鲁迅逝世60周年的一篇杂感,作者向我们展示了一个我们极为熟悉的鲁迅的不熟悉的诸多方面,对我们了解鲁迅,理解教材中的鲁迅作品有一定的帮助。全文共分四个小节,第一小节介绍了人们鲜为知道的"于自己保存之外""生命第一"的鲁迅;第二节谈了鲁迅的三点"当务之急",不赞成研究者们的前期后期论;第三节再现鲁迅的著名主张,对鲁迅的"爱护者"加以微辞;第四节谈纪念鲁迅的最好方式,和文章开篇相照应。作者的观点虽然是一家之说,但为我们全面地了解鲁迅,了解鲁迅的全面提供了一个思维方式:不提高,不曲解,也不苛求鲁迅。

个性独悟

　　★怎样理解"这60年,鲁迅没有'真真死掉'"?为什么说上述的9种人"这不是好事情"?

　　★鲁迅对欧战时"壕堑战"是怎样解释和利用的?鲁迅是为何倡导"生命第一"和有时是怎样行使"生命第一"的?

　　★怎样理解鲁迅说的"一要生存,二要温饱,三要发展的当务之急"？文中所说的鲁迅的前期后期是什么意思？

★文中说"他已经'耳顺'了。那么，捧的，骂的，嬉皮笑脸的，什么意见他都能听得了"，这几句话作者表达的是什么意思？

★用简洁的语言评析作者评价鲁迅所持的基本思想。

母爱的长河 / ··· 郭华敏

　　有人说母爱就像一棵高大的树，为我们这些"小树"遮风挡雨；也有人说母爱就像蔚蓝的天空，凭我们这些羽毛初丰的"鸟儿"任意飞翔。我想，母爱就像一条长长的河流，深沉，悠长。

　　我的母亲没有别人母亲那样的富贵；没有别人母亲那样的年轻、漂亮。相反，我的母亲因为操劳过度而过早地苍老了，满脸的皱纹，双手长满了老茧。但我深深地爱着她。记得小时候，每当我看到许多同学穿着他们妈妈给她们买的花衣服，背着新书包时，我总羡慕不已。恨妈妈给我穿姐姐穿过的又大又旧的破衣服，背着自家缝制的布书包。我觉得妈妈不爱我。随着时间的流逝，我再也不那么想了。我开始懂得妈妈是用她那质朴而纯洁的心熏陶我那无知的心灵。因为她给予女儿的无限关爱远远超过了漂亮的服饰所能带来的满足。

　　从小，我的身体就体弱多病。小病常常缠绕着我。记得读初二时，我在学校生病后，没上医院去看病，一直高烧不止。放假那天，烧得头重脚轻。但我还是坚持着骑自行车回去了。不是因为没有钱，而是我天生就具有妈妈的那股倔脾气，固执地认为挺一挺病就过去了。回到家，妈妈知道情况后，第一次对我大发雷霆，骂了我。骂我"傻"、"笨"，烧成这样还骑自行车回家，却没上医院治病。我当时哭了，不是委屈，也不是伤心，双眼滚出的是幸福的泪花。爸爸出门打工去了，妈妈在家事无巨细，里里外外忙个不停。身体虚弱的妈妈见我有病，马上丢下手头的活儿，用自行车推我到离家四五里路的医院治疗。输完一瓶液就到了

11点钟。在伸手不见五指又刚下过雨的泥泞小路上,妈妈硬撑着孱弱的身子艰难地前行。在一个上坡的地方,我知道她推不上去了。便央求妈妈放我下来走,但她却撒谎说不累。最后推到家里时,妈妈的衣服被汗水浸湿了一大片。我这才明白妈妈说不累是假,心疼我是真。原来妈妈是很爱我的。我真后悔不该那么傻,自己有病不治,给妈妈增添了劳累和忧愁,想到这里,禁不住落泪了。

我应该感谢妈妈,当我遇到困难时,是她给我站起来的勇气;当我取得成绩时,是她给我热情的鼓励;当我犯了错误后,是妈妈给我鞭策,给我悔过自新的力量。

噢!"母爱"你就像一条长长的河流绵延无尽。

母爱像一条长长的河,绵延无尽,滋润着我们的心田。爱,如此美丽,不经意的一瞬,母爱,伟大,永恒。作者饱含深情地描述了妈妈雨夜送自己到医院输液前后的言行使作者加深了对母爱的理解,进一步感受到了母爱的深沉和温暖。于平凡小事中反映深刻的主题,这是一曲歌颂亲情的壮歌。

我是一棵小树 ···沈 湜

我是一棵小树,在爸爸和妈妈的怀抱里,幸福快乐地成长着。

自小,我就体弱多病,枝叶稀疏,虽然园林工人不时地给我杀虫、浇水、修枝剪叶,但是,我仍然时常晕倒,于是,我不敢出门,不敢离开爸爸妈妈。看到别的小朋友在操场上玩耍奔跑,我好羡慕,我只能在家中和妈妈一起唱"拍手歌"。渐渐地,我长高了,树干有碗口那样粗了,也长出了些新的枝丫。可是我的身体还是不好,时常感冒、发烧。眼看爸爸妈妈一天天的老了,我心里想:我长大了,不能再靠他们了。

这天,天上下起了小雨,因为我体弱,竟连小小的雨滴都撑不住,那小小的雨滴落在我的身上,我不禁打了个冷战,又打喷嚏,只觉眼前一黑,就什么也不知道了……

当我醒来时,发现我正躺在妈妈的怀抱中,妈妈抚摩着我的额头,关切地对我说:"你还好吧。"望着妈妈慈祥的面容,我发现,妈妈今天显得很憔悴,脸上多了几条皱纹。于是,我对妈妈说:"我没事。"我强挺着站了起来。今天的天气真好,小鸟站在我的肩上唱歌,我放纵地呼吸着新鲜的空气,心里高兴极了。我突然感觉,我该独立了!我该为爸爸妈妈分忧了!

一个月后的一天,灰色的天笼罩着北京城,城里的一切都变得昏暗极了,虽然是白天,但是很多地方都打开了电灯。我从来未见过这种场景,心里十分害怕,怕又一次倒下,怕这次再也起不来了。这时一道闪电划破了天上的云朵,云朵里的小水滴撒下了人间,"哗",下雨了,我心里一惊,哆嗦了一下。忽然一只大手盖住了我,我一看,原来是妈妈,我在妈妈枝叶组成的大伞下躲着。可没过多久,因为妈妈已经老了,再也经不起这么大风雨的攻击,倒下了。我哭喊着,一遍遍地喊着妈妈,妈妈,可是妈妈几次想抬头,挥动枝条,但是疯狂的暴雨,打得妈妈再也站不起来了,她头发散乱,脸色煞白,而嘴里不停地喊着我的名字。我心想,这回,我来为妈妈当伞,我来为妈妈遮风挡雨。我站了起来,舒展开我的枝叶,为妈妈组成一把大伞,我的枝叶被雨水打得七零八落,痛得我落下了眼泪,我心想:咬咬牙就一定能战胜风雨的。不知是我的精神感动了上苍,还是上苍同情我,渐渐地,雨小了,风也住了,妈妈醒来了,看着我说:"儿子,你长大了。"

是呀,我这株小树,经历了这次风吹雨打,似乎长高了,变粗了,我深知:以后,不管遇到什么样的困难,只要咬咬牙,就一定会看见美好的明天。我是一棵小树,但一定能长成枝繁叶茂的大树。

文章构思巧妙,寓意深刻,着实打动了读者的心灵。妈妈是大树,为了"我"——这株小树,受尽风雨的折磨,尽自己所能的保护着小树的成长。但她老了,"再也站不起来了",小树,却长大了。这是写树吗?不!这正是小作者自己生活的真实写照。但是,文中那种深深的母子情,怎能不打动我们的心呢!

名人点击

人物卷

有些幽默后面,有比金刚石还要坚硬的信念。

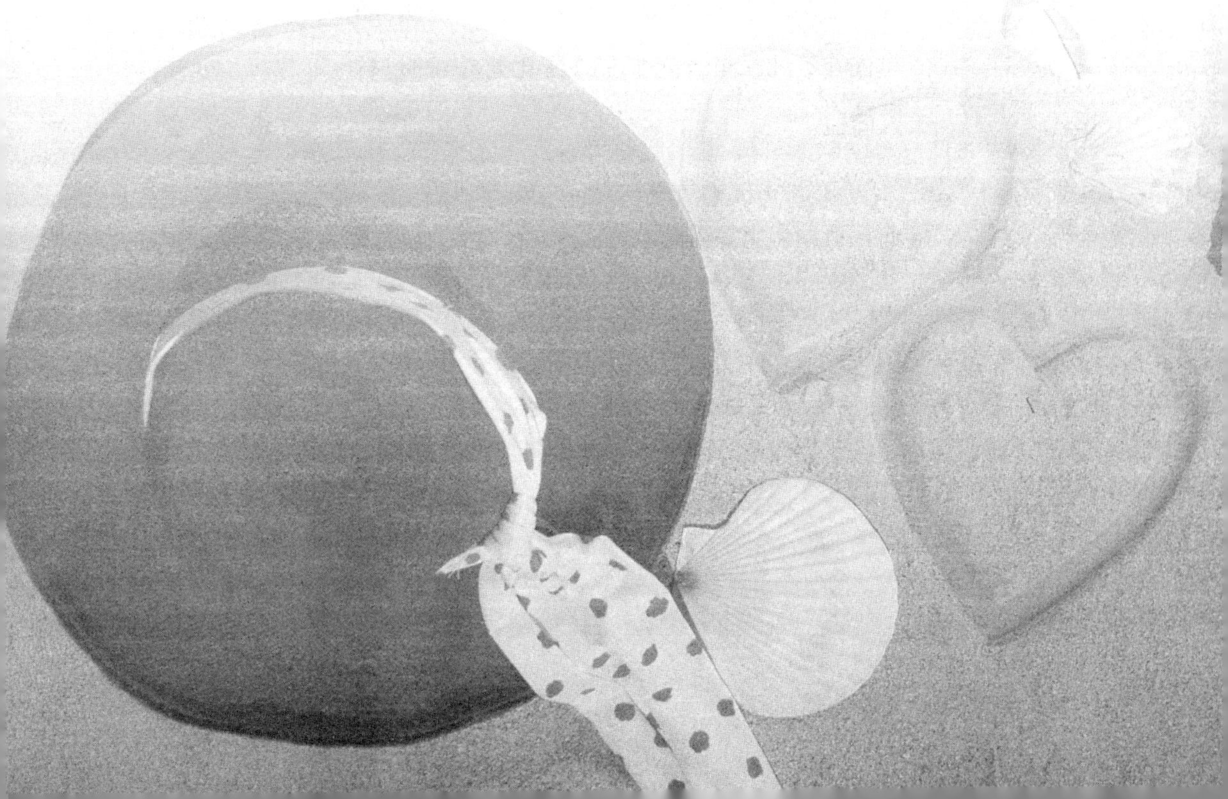

下 一 个

世界球王贝利在20多年的足球生涯中,参加过1364场比赛,共踢进1282个球,并创造了一个队员在一场比赛中射进8个球的纪录。他超凡的球技令成千上万的观众心醉,而且常使球场上的对手拍手称绝。他不仅球艺高超,而且谈吐不凡。当他创造进球满1000纪录时,有人问他:

"您哪个球踢得最好?"

贝利笑了,意味深长地说:"下一个。"他的回答含蓄幽默,耐人寻味,像他的球一样。

幽默与年龄 / ···余 杰

幽默的人永远年轻。在当今世界上，少数几个堪称"伟大"的政治家之一的南非前总统曼德拉，就是这个道理活生生的明证。

在南部非洲发展共同体首脑会议上，曼德拉出席并领取了"卡马勋章"。在接受勋章的时候，曼德拉发表了精彩的讲演。在开场白中，他幽默地说："这个讲台是为总统们设立的，我这位退休老人今天上台讲话，抢了总统的镜头，我们的总统姆贝基一定不高兴。"话音刚落，笑声四起。

在笑声过后，曼德拉开始正式发言。讲到一半，他把讲稿的页次弄乱了，不得不翻过来看。这本来是一件有些尴尬的事情，但他却不以为然，一边翻一边脱口而出："我把讲稿的次序弄乱了，你们要原谅一个老人。不过，我知道在座的一位总统，在一次发言中也把讲稿页次弄乱了，而他却不知道，照样往下念。"这时，整个会场哄堂大笑。

结束讲话前，他又说："感谢你们把用一位博茨瓦纳老人的名字（指博茨瓦纳开国总统卡马）命名的勋章授予我这位老人。我现在退休在家，如果哪一天没有钱花了，我就把这个勋章拿到大街上去卖。我肯定在座的一个人会出高价收购的，他就是我们的总统姆贝基。"这时，姆贝基情不自禁地笑出声来，连连拍手鼓掌。会场里掌声一片。

我一直在思考这样一个问题：为什么80岁高龄的曼德拉能够保持身体健康、精神矍铄、爱情长在？新婚之后，他依然以和平大使的身份活跃在国际舞台上，他是不是畅饮了青春的甘泉？他是不是掌握了不老的秘诀？

世间没有青春的甘泉，也没有不老的秘诀。曼德拉之所以拥有永远的青春，是因为他从不放弃对真理的信仰，从不屈服于黑暗的势力，因为他在丰富的人生阅历中提炼出了大智慧，在苦难的无尽的折磨中咀嚼出了大幽默。"上帝期待着人从智慧里获得他的童年。"82岁的曼德拉有着8岁孩子的童心。在会见拳王刘易斯的时候，他表示自己年轻时候也是拳击爱好者。于是，刘易斯故意指着自己的下巴让他打，他笑着做出拳击的姿势。当旁边的人问他，假如年轻时与刘易斯在场上交锋能否取胜,他说:"我可不想年轻轻的就去送死。"

正是在这一串串毫不做作的幽默之中,曼德拉展现出了他耀眼的人格魅力。幽默延长了他的生命,幽默定格了他的青春。二十多年的牢狱之苦,风刀霜剑的严酷相逼,他都用幽默来应对。当他躺在囚室的水泥地上时,他对着窗外的月光微笑——他刚刚由死刑被改判为无期徒刑。对于普通人来说,那是一个心灵绝望、精神崩溃的时刻。然而,对曼德拉来说,那是一个新的战役开始的时刻。他清楚地知道,胜利在自己这一边。他把自己看做是比勒陀利亚的兰花和草原上的含羞草,不傲慢,也不软弱。

1975年,曼德拉首次被允许与女儿津姬见面。曼德拉入狱的时候,女儿只有3岁,如今女儿已经是15岁的大姑娘了。曼德拉特意穿上一件漂亮的新衬衣,他不想让女儿感到自己是一个衰弱的老人。他知道,对于女儿来说,自己是一个她并不真正了解的父亲,一个她只能远远看着的父亲。他知道,女儿一定会感到手足无措。于是当女儿走进探视室的时候,他的第一句话是:"你看到我的卫兵了吗?"然后指了指寸步不离的看守。女儿微笑了,气氛顿时轻松起来。曼德拉告诉女儿,他经常回忆起从前星期天上午的情景,他让女儿坐在腿上,给女儿讲故事。透过探视室的小玻璃窗户,曼德拉发现女儿眼中噙着泪花,但泪水并没有流下来。津姬后来描述了这一次见面,特意强调了曼德拉性格中风趣幽默的一面。

幽默来自智慧,也来自品格。在孤岛上,曼德拉坚持长跑并用冷水洗澡,每天见到清洁工人都会开几句玩笑。愁眉苦脸的军警百思不得其解:这个被终身监禁的囚犯为什么每天都能乐呵呵的呢?狱卒哪能理解在曼德拉的幽默后面,有比金刚石还要坚硬的信念。

于是,曼德拉的灵魂飞翔在高远的天际。

与你共品

　　幽默与年龄无关,并非年纪越大幽默越多,年轻也可以拥有幽默。作者明确地说:"幽默来自智慧,也来自品格。"

　　幽默又与年龄密切相关,越幽默的人越年轻,当然这指的是人的心境。作者就是要用曼德拉的事例证明这个道理。

　　本文具有人物述评的特点。全文叙述了三个典型事例：曼德拉在领取"卡马勋章"时发表精彩演讲；会见拳王刘易斯；曼德拉入狱后于1975年首次被允许与女儿津姬见面。在叙述中对曼德拉其人其事适时地做出了评论，揭示了其生活的内涵和规律。"82岁的曼德拉有着8岁孩子的童心"。既是对"我一直在思考"的问题的回答，也是对"幽默与年龄"的回答，也是对"幽默与年龄"的本质的揭示。"幽默来自智慧，也来自品格。"则是对曼德拉幽默的高度评价。

　　★在叙述曼德拉发表讲演时，写到了他的三次幽默，这三次幽默分别是什么？你怎样看待他的幽默？

　　★理解"幽默延长了他的生命，幽默定格了他的青春"，结合中心说说幽默与年龄的关系。

　　★曼德拉的女儿津姬为什么会特别强调第一次与父亲在监狱见面时父亲性格中风趣幽默的一面？

邓老爷子 / ··· 聂卫平

　　邓小平喜欢打桥牌我早就听说过，但水平如何我不清楚，那时我还没和他打过牌。有一次谈到这个问题，我想当然地信口说道，邓小平的牌，就因为他是邓小平，所以不错。我这话比较含蓄，可以有多种含义：一是可以理解为因为你是邓小平，水平高，所以打得不错；二也可以理解为因为你是邓小平，别人都让着你。

没过多久，也就是1984年的夏天，胡耀邦请我到北戴河休假。当时邓小平也在北戴河，听说我来了，邀我过去打牌，而且指名和我搭档，我当然是荣幸之至。对方是另一对熟悉的老牌友。其中一位牌友打牌有时冒叫，邓老爷子抓住他这个特点，动不动就加番。按照正规的叫法应该叫加倍，可邓老爷子总是用四川话叫加番，我们也就都跟着这么叫。

邓老爷子一加番，对方哪里顶得住，被邓老爷子一顿痛杀，真是惨不忍睹！打了几圈，他们一次没赢，我就发现对方的脸都长了，嘴也翘得老高。而邓老爷子仍然是毫不留情，穷追猛打。

当时我就想偷偷"放水"，让他们一把。这位牌友拿牌的姿势永远是"君子坦荡荡"，谁都能看得见。叫牌时我看见他有好多黑桃，而我只有A、K等四张黑桃，我就叫了个四黑桃。这回被他逮着了，给我来了个加番。这一加番不得了，我宕了6个，输了很多分，这一下对方的脸色好看多了，好不高兴地说，小聂，你创了世界纪录了，还宕了6个。这时我才感到邓小平打牌是很认真的，而且牌打得确实好，出乎我的预料。

打完牌邓老爷子留我吃螃蟹。在餐桌上，毛毛突然大声问我，听说你在背后说我们老爷子打牌不行，都是别人让，现在你觉得怎么样啊？你是不是可以坦白一下你的想法呀？邓小平耳朵有点儿背，她这么大声讲就是为了让老爷子听见。我当时就傻了，我讲的那些话不知怎么传到了她的耳朵里，而且当着老爷子的面给我抖了出来，我顿觉脸上青一阵白一阵的，尴尬至极。我愣了半天，说道，看来我以前的判断错了，老爷子打得确实很好。<u>邓小平听了哈哈大笑，丝毫不掩饰得意之情，天真得像个孩子</u>。

后来在回北京的火车上，老爷子还跟孔祥明说，小聂下围棋是九段，打桥牌可没有九段，他被人家宕了6个。从此以后"宕6个"成了我的笑柄，桥牌界的人都知道，一见面就拿"宕6个"来打趣我。

在北戴河期间，邓小平还叫他的外孙女和外孙子跟我学围棋。当时他们刚10岁出头，并不是专门学棋，只是陶冶一下情操。每天由他们的妈妈送过来，同时还给我带来一个大冰淇淋。教他们是很难的，因为教一个五六段的棋手对我来说很容易，可让我教一个完全不会下棋的孩子那就很难了，这完全是两回事，但我还是很耐心地教他们。我说我教你们下棋是次要的，主要是教你们好好做人。他们都挺怕我，也挺听我的，因为他们不认识我，只是听说过我。我也摆出一副威严的样子，保持着教师至高无上的权威。

"八一"前，邓小平要回北京出席建军节纪念活动，他说再回北戴河时可以把孔祥明和我儿子骢骢一块儿接来，并要在专列上请我儿子吃饭。这面子可大了，我马上打电话告诉了小孔，让她提前把儿子接出来，做好准备。

可是当警卫局的车来接小孔时，围棋队的领导竟然不同意，说"中办"没来正式通知。专列马上就要出发了，是不能等的，当时急得不得了，警卫局的人只好给上面打电话，通过一层层传达下来，这才放行。

我儿子当时还不到3岁，长得挺可爱，邓小平见了很喜欢，让他叫邓爷爷，可我们这儿子不争气，就是不叫，邓小平也特绝，不住地说，你就叫我一声邓爷爷嘛！叫我一声嘛！他像是在求他。可他就是不叫，死拧，到最后也没叫。邓小平还是很喜欢他，并让小孔转告我：你这个儿子很好，将来结婚找媳妇的时候要报告我，我批准才可以。当小孔把这话转告我时，我真是受宠若惊。那时邓小平的精神多好呀，他让我儿子结婚时报告他，说明他对自己的健康充满信心。遗憾的是我儿子还没到结婚的年龄他就先走了。

1991年，中国女队在日本横滨举行的世界桥牌比赛中荣获第三名，回国后，邓小平在人民大会堂接见了她们。接见之后进行了一场桥牌友谊赛，由邓小平和丁关根搭档，结果把中国女队她们打得落花流水，邓小平的牌感很不错，他打牌的体制是精确叫牌法，叫牌偏冒一点儿，往往出人意料地打一个很大的约定，而且最后证明大多数是可以打成的。

1985年，解放军准备成立八一围棋队，希望我能去，并表示如果我去了，给我正军级待遇，房子也特别好。我很想去，可我不好跟北京队讲，北京队对我一直不错，我还在黑龙江时北京队就给我房子了，我对北京队还是很感激的。可是那边的条件确实不错，我也想换个环境。我把这事和毛毛讲了，她表示愿意帮忙。

一次和邓小平一起吃饭，毛毛对老爷子说，聂卫平想到我们解放军来，我们解放军是不是收他？她是想让老爷子表态。邓小平不说话，也不表态，只是笑。毛毛说，你笑就是默许了。接着又问，是不是默许？邓小平还是笑，不回答。这时毛毛就对坐在旁边的万里说，万叔叔，你看老爷子默许了，你跟北京市打个招呼吧，让北京市放他，到我们解放军来。万里说，老爷子默许我就办。

可第二天我就犯了一个重大的"错误"，我去找胡耀邦汇报了。胡耀邦当即表示不同意，问我你为什么要到解放军去？你现在不是在北京吗？我一听就傻了，没法回答，只好把解放军的待遇如实说了。胡耀邦马上批评我说，你就考虑你自己的待遇，这怎么能行啊！我当时真是有种无地自容的感觉，以后再也不提此事了。

后来在邓小平亲自批示下，解放军正式成立了八一围棋队，孔祥明去了，授予正团级。

个人的事我从来没有向邓小平提过，这次是毛毛提的，没办成还挨了胡耀邦的一顿批。但其他事我向邓小平提过一次，是受中国桥牌协会之托。1987年"全运会"在广东举行，但是没有设立桥牌比赛的项目。中国桥协的人找到我，希望和邓小平说说，希望能把桥牌列入"全运会"的比赛项目。我说这是好事，你们去说多好，他们表示有些为难，没法子，我只好答应他们。

为了更有把握，我拉上邓朴方，找了个合适的机会跟邓小平说了。邓小平表态，可以嘛。于是桥牌列入"全运会"表演项目。后来不知为什么又取消了。

在和邓小平的接触中，我感到他是一个人情味很浓的人。国庆40周年"十一"的晚上，我因是政协常委，被邀请上天安门城楼观看焰火。邓小平刚一出来，便被一层层的人包围住了，我无法和他接近。我想那么多人，他肯定看不见我。没想到他发现了我，并微笑着和我打了个招呼。我当时觉得他既是一个伟人，也是一个普通人，有着和普通人一样的感情。

1988年3月，我被国家体委授予"棋圣"的称号。仪式是在围棋会馆举行的，并由方毅副总理亲自把证书送到我的手中。

作为我个人能得到这个称号，当然很高兴。谁知邓小平知道后大为惊讶，马上通知我第二天拿着证书到他那里去，他要亲眼看看证书。

第二天我就老老实实地把证书拿给他看，当时万里也在，邓小平的秘书还给我们拍了一张照片。邓小平看后对我说："圣人不好当呀！你还是当老百姓好。"这句话给我的印象非常深，这些年来我经常想这问题，我不是什么圣人，也有犯错误的时候，早晚有一天我要把这个称号辞了。最近我碰到国家体委的领导还表示，要找一个适当的时机把"棋圣"辞了，因为邓小平说得很明白，圣人不好当，还是当老百姓好。

与你共品

　　文章围绕作者和邓老爷子交往的几件事，充分反映了邓老爷子认真、豪爽、开朗的性格。作者用平实的语言，把一代伟人平易近人的品质表现得淋漓尽致。在作者看来，邓小平就是一位和善的老人，难怪文章以"邓老爷子"为题。

个性独悟

　　★本文围绕"我"和邓老爷子的交往共写了几件事情？
　　★第三段加点的词语体现了邓老爷子什么性格特点？
　　★第五段画线语句"邓小平听了哈哈大笑，丝毫不掩饰得意之情，天真得像个孩子。"体现了邓小平什么样的性格特点？
　　★为什么"我"要找一个适当的时机把"棋圣"辞了？

快乐阅读

回忆鲁迅先生 萧 红

　　鲁迅先生的笑声是明朗的，是从心里的欢喜。若有人说了什么可笑的话，鲁迅先生笑得连烟卷都拿不住了，常常是笑得咳嗽起来。
　　鲁迅先生走路很轻捷，尤其使人记得清楚的，是他刚抓起帽子来往头上一扣，同时左腿就伸出去了，仿佛不顾一切地走去。
　　青年人写信，写得太草率，鲁迅先生是深恶痛绝之的。

"字不一定要写得好,但必须得使人一看了就认识,青年人现在都太忙了……他自己赶快胡乱写完了事,别人看了三遍五遍看不明白,这费了多少工夫,他不管。反正这费的工夫不是他的。这存心是不太好的。"

但他还是展读着每封由不同角落里投来的青年的信,眼睛不济时,便戴起眼镜来看,常常看到夜里很深的时光。

鲁迅先生吃的是清茶,其余不吃别的饮料。咖啡、可可、牛奶、汽水之类,家里都不预备。

鲁迅先生是陪客人到夜深,必同客人一道吃些点心,那饼干就是从铺子里买来的,装在饼干盒子里,到夜深许先生拿着碟子取出来,摆在鲁迅先生的书桌上,吃完了,许先生打开立柜再取一碟,还有向日葵籽差不多每来客人必不可少。鲁迅先生一边抽着烟,一边剥着瓜子吃,吃完了一碟,鲁迅先生必请许先生再拿一碟来。

鲁迅先生备有两种纸烟,一种价钱贵的,一种便宜的,便宜的是绿听子的,我不认识那是什么牌子,只记得烟头上带着黄纸的嘴,每50支的价钱大概是4角到5角,是鲁迅先生自己平日用的。另一种是白听子的,是前门烟,用来招待客人的,白烟听放在鲁迅先生书桌的抽屉里。来客人鲁迅先生下楼,把它带到楼下去,客人走了,又带回楼上照样放在抽屉里。而绿听子的永远放在书桌上,是鲁迅先生随时吸着的。

鲁迅先生从下午两三点钟起就陪客人,陪到5点钟,陪到6点钟,客人若在家吃饭,吃过饭必要在一起喝茶,或者刚刚喝完茶走了,或者还没有就又来了客人,于是又陪下去,陪到8点钟,10点钟,常常陪到12点钟。从下午两三点钟起,陪到夜里12点钟,这么长的时间,鲁迅先生都是坐在藤躺椅上,不断吸着烟。

客人一走,已经是下半夜了,本来已经是睡觉的时候了,可是鲁迅先生正要开始工作。在工作之前,他稍稍合一合眼睛,燃起一支烟来,躺在床边上,这一支烟还没有吸完,许先生差不多就在床里边睡着了(许先生为什么睡得这样快?因为第二天早晨六七点钟就要来管理家务)。海婴这时也在三楼和保姆一道睡着了。

全楼都寂静下去,窗外也是一点声音没有了,鲁迅先生站起来,坐在书桌边,在那绿色的台灯下开始写文章了。

许先生说鸡鸣的时候,鲁迅先生还是坐着,街上的汽车嘟嘟的叫起来了,鲁迅先生还是坐着。

有时许先生醒了,看着玻璃窗白萨萨的了,灯光也不显得怎样亮了,鲁迅先生的背影不像夜里那样黑大。

鲁迅先生的背影是灰黑色的,仍旧坐在那里。

人家都起来了,鲁迅先生才睡下。海婴从三楼下来了,背着书包,保姆送他到学校去,经过鲁迅先生的门前,保姆总是吩咐他说:

"轻一点儿走,轻一点儿走。"

鲁迅先生刚一睡下,太阳就高起来了。太阳照着隔院子的人家,明亮亮的;照着鲁迅先生花园的夹竹桃,明亮亮的。

鲁迅先生的书桌整整齐齐的,写好的文章压在书下边,毛笔在烧瓷的小龟背上站着。

一双拖鞋停在床下,鲁迅先生在枕头上边睡着了。

与你共品

本文作者萧红,中国现代著名女作家。原名张乃莹,成名作品《生死场》。本文以纪实的手法,对鲁迅先生生前的一些生活琐事进行了翔实的记叙,读了使人感到真实、亲切。

个性独悟

★第一段中写鲁迅先生的"笑",主要突出了先生怎样的性格特征?第二段中,描述鲁迅先生走路,突出了先生怎样的性格特征?第三段中,鲁迅先生为什么对信写得太草率"深恶痛绝"?

★鲁迅先生对青年人写信太"草率"深恶痛绝,可"他还是展读着每封由不同角落里投来的青年的信",并且"常常看到夜里很深的时光",这表现了鲁迅先生对青年人怎么样的态度?

> ★第九段中，写鲁迅先生陪客人，为什么不直接写"从下午两三点起，陪到夜里12点"，而在前面反复说"陪到5点钟"、"陪到6点钟"、"陪到8点钟"、"陪到10点钟"、"常常陪到12点钟"？这样写是否啰嗦？为什么？
> ★本文主要采取了怎样的表达方式？

快乐阅读

关于敬一丹 / ···张建星

这是敬一丹的第一本随笔集。

被敬一丹拉来为她的第一本随笔集作序，只能证明我们的交情和信任。

和敬一丹接触、和敬一丹聊天、和敬一丹做朋友，这都不难。但要写敬一丹，进而评述她的事业，我一直认为是件冒险的事。这倒不是因为一丹现在是《东方时空》总主持人之一，也并不是因为她在中央电视台的成就，以及她的收视率，还有她随手捧得的奖项足以使她成为星级人物。这些对于任何一个记者都是可以笔上生花的地方。

我所以认为是件冒险的事，是因为一丹除了电视形象之外，还有那么多散文随笔。这些别致甚至是精致的散文随笔就思想的深刻和文字的亮度而言，也足以和我们这些煮字为生的人物比肩而坐。而且，我一直认为，通过笔，通过更现代也更机械的电脑这些中介物（这几乎成为表达的宿命）表达出的文字早已大打折扣了。如果这些大打折扣，难以穷尽我们的思想，我们的智慧，我们的感情，我们的心情的文字还能表现出孙犁的清澈、巴金的深刻、萧乾的洒脱，那么这些文字背后的人、背后的心灵、背后的思维方式呢？那该是多么的湖深水静，天高云淡呢？

写到这里，我要申明的是，我并不认为，一丹的文字已达到了多高的境界。但就我所接触的文字记者来讲，一丹是上乘的。所以，我和一丹朋友多年，但还是坚守自己,不去写敬一丹、不去和敬一丹进行这种文字的较量。尽管我自认为算是一个过得去的记者。

1993年,一个春深夏浅的日子,《一丹话题》开播。这是敬一丹第一个个人专栏,也是她所供职的中央电视台第一个以个人名字命名的专栏,有点儿像毛泽东号机车、郝建秀机组等。一丹兴奋,朋友们也激动。于是我也迷迷糊糊半醉半醒地被拉进摄影棚,一而再,再而三,从开篇到第三,连续和一丹配合"搭档"了三集。因为在中央电视台"出镜",远远高朋,三老四少竟同时发现了我还有那么多缺点;而我却因此更多地感觉到话筒后面的敬一丹那些长处和优势。

三集的题目几乎都是在大棚里临时敲定的。但敬一丹的从容自如,尤其是那种不是造作出来的镜前亲切,不是雕琢出来的侃侃而谈,显示了话筒背后的知识面、视野,尤其是集修养、阅历、品格于一身的智慧。正是在敬一丹的身上,在那被标点符号包围的大棚,我再一次验证,智慧的确比单纯的知识更具有丰富的内涵。

不争的事实是,作为主持人的敬一丹无疑获得了成功。在青春潮涌、楚楚动人的电视台,以敬大姐的姿态切入演播室的敬一丹,究竟凭借什么拥有了观众,获得了成功?不是小姐而是大姐的敬一丹和其他主持人的区别究竟是什么?她的沉静的确给观众一种超然的美,让人品味出那种修养和知识的魅力;而她的亲切又时时提醒观众,敬一丹的成熟足以对任何痛苦艰涩的话题举重若轻。电视里的敬一丹,的确不薄气。话题常常是沉重的,但目光是清澈的;语言的分析自然是思辨的,但风格是平实的;感情也有起伏的时候,但微笑是宁静的。正是从敬一丹,还有白岩松、水均益、方宏进身上,我们发现,现代电视作为21世纪主流媒体,对主持人的最大的威胁就是,它随时可以一干二净地透视出你的全部浅薄和无知。陷阱其实就在话筒旁边,藏拙、藏巧、藏伪是绝对不能的。一分钱一分货,全是开架的。于是电视和文字,思想和哲学的沉思分析,沉淀在现实激流中那些橙黄橙黄的、但必须竭尽心智才能打捞上来的历史沙粒,和民情民风民意中那属于世界潮流的、但必须心领神会才能达到的大俗大雅就天衣无缝地结合起来了。于是,至少坐在主持人的位置上就不仅仅需要知识、修养、阅历,还需要那种历练出来的智慧,需要善于沉思的目光。那是一种流淌在血液里,渗透在感觉中,做不出来,也装不出来的灵性。

灵性和灵气不一样。甚至可以说,我们不缺少有灵气的主持人,但是有灵性、深藏于智慧之中的主持人太少了。现实的情况是,小姐多,大姐少,男性多,男人少,主持多,主持人少。所以,《东方时空》的贡献就不仅仅是几个十分好看的栏目了。

我喜欢这本集子里《浏览走过的日子》这个标题,这再次证明我和一丹在心灵上有某种共鸣。经历告诉我们,最真实的东西都属于过去。只有过去的往事我们才能记起,才能相信,才能历历在目。而我们记起的、相信的,构成种种美丽,种种痛苦,种种幸与不幸的过去是怎么也不会再回来了。回首过去,只能是痛苦的梦想。不论如何挣扎苦斗,人生最后那张底牌还是失去。这也许就是构成永恒的人生困惑,扑朔迷离的人生悲剧的主要原因吧。人的支点不是骨头,而是心情。倘若能以一种浏览的心情和目光回眸过去,这也属于一种人生的智慧。我必须告诉读者的是,这是一本文字畅快,表达生动,字与词,纸与笔都是显得很有张力和节奏的随笔集。我想,这绝不仅仅得益于一丹曾经是文学硕士(我读过味同嚼蜡的硕士博士论文),而是因为一丹能够以一种很敏锐的目光,观照我们的世界;以一种很平和的心情,体会我们的生活;以一种很善良的感觉,抚摸别人的故事;以一种很自知的清醒,看待自己的未来。然后才是她的确好看的文字:"安徽的菜花、江西的红土、湖南的湘竹,该黄的黄,该红的红,该绿的绿,倒也是味道好极了。"这便是敬一丹味道好极了的随笔集。

一位朋友对我这样评价敬一丹,她很大气。的确,无论为人、为文,还是做主持人,做朋友,敬一丹都能表现出她的那种大气。她不是一个琐碎的人,与她交往也没有什么琐碎的话题。但她又能让朋友感到亲切,感到温暖的友谊,所以,她是一个让人喜欢的人,这也几乎渗透在她所有的文字风格中了。

　　张建星,颇负盛名的记者。本文选自《一丹随笔》。这是一篇《一丹随笔》的序,可以说文章颇有文采,但有些文字也是颇费思量的。阅读时要把握以下五个方面,一是奉命写序难以完成,这好像是写序人的通常手法,以示自己与原书作者的差距;二是"出镜"时"一干二净地透视出"缺点,反衬出敬一丹的长处优势;三是写敬大姐是何以拥有观众的,兼以评述了一些其他主持;四是回到集子本身,该随笔大多是"回眸"之作,有劝勉之意;五是对集子的评价,兼对敬一丹本人的评价。掌握了这些脉络,也就能较好地理解文章了。

　　★"一个春深夏浅的日子"是一个怎样的"日子"?"出镜"一词为什么要使用引号?

　　★"坐在主持人的位置上"需要具备哪些素质?为什么说"藏拙、藏巧、藏伪是绝对不可能的"?藏"拙",藏"伪"好理解,藏"巧"是什么意思?

　　★灵性和灵气不一样在什么地方?"小姐多,大姐少",文中哪一句体现了这一多一少?"男性多男人少"是什么意思?

　　★"《东方时空》的贡献就不仅仅是几个十分好看的栏目了",那么"贡献"的还有什么呢?第十段针对"走过的日子"作者主要表述的观点是什么?

短文两篇 / ···敬一丹

闲话闲说崔永元

　　曾与大学生们聊天,他们,特别是女生们希望我谈谈他们所关心的几位男主持人。当谈到崔永元时,女生男生都会意一笑,一个个变得眼神柔和,表情放松,饶有兴致,好像我提到的是他哥。

　　崔永元的确有股"自己人"的劲儿,在他面前,人们不知不觉就不把自己当外人了。《实话实说》的办公室,推门随便进,他也并没有极热情地说:"请坐!""喝水",可你会很舒服地坐下来随便聊聊。我没有见到过小崔一本正经坐在办公桌前的样子,倒看他经常处于聊天状态。他的同事一个比一个年轻,还有两个外国小伙子,不知是实习,还是考察,还是打工,如果别的部门有俩老外,就有点奇怪,小崔旁边,有谁都挺正常。观众一进《实话实说》演播室,就被撩拨得想说话。自己会说话,也许不算什么,引得别人想说话,这是主持人的功夫。那天,我爸我妈去看《实话实说》录像,看到屏幕下的小崔,原本就觉得近乎,这回更不见外了!我妈亲热地用手拍着小崔的后背,眼睛炯炯发光:"我们都喜欢你!"这情景让我想起很久以前,我弟弟当兵回家时,我妈就曾一边拍着儿子的后背一边说:"这小子!"小崔的亲和力不分男女老少,我们台的阿美就说出了很多女孩子对崔永元的感觉:当水均益走来,自己急忙理理云鬓,整整衣衫,心里念叨,我怎么没有柳叶眉,怎么没有杏核眼!而崔永元走来,自己该在沙发上歪着还歪着,该大口吃回锅肉还吃回锅肉,小崔笑着,就像没看见你的皱纹你的雀斑,这时,你会随随便便地说:"哥,你笑啥呢?"

  小崔的笑有点儿特别,那笑里边有不少内容。有时分明看到他宽厚的笑容是在鼓励人家说话,可人家一说出来,你才觉得那笑有点儿不怀好意。当那个意大利女郎在《实话实说》里用无声的口形"说"出北京球迷的京骂时,小崔就是这样笑的。

  让人动心的还不是小崔的笑,而是他的哭。在主持《父女之间》时,看得出小崔在抑制自己的感情,他的眼圈红了。在《继母》那期节目里,当眼泪就要流下来的时候,他低下了头,他转身擦泪的镜头后来被编辑删掉了。那忍住的泪,倒让我掉下泪来。男儿有泪,也挺感人的。有意思的是,小崔哭时,让人觉得他挺好,而小崔笑时,倒往往让人觉得他有点儿坏。

  现在经常听到各界人士谈论小崔。有一位说话特别刻薄的记者在对众主持人一顿褒贬之后说,崔永元"让说话回到平常"。那位自己不笑专让别人笑的葛优被问到"有没有你看得上的主持人",葛优沉思片刻:"嗯,有。有一丫姓崔的,根本不像丫主持人啊!"话是糙点儿,那名词的"前缀"可能是葛优对喜欢的人的昵称吧!有一电视资深专家说,小崔刚出来,看着好像哪儿不对,有点儿痞,可又总惦记着到了星期天看他,越来越想看他了。这用行话来说,就叫观众期待心理。

  也许是自己越没有的,越喜欢,对小崔的主持我就是这样的感觉。看小崔录像,那是一乐儿。有几次,我不把自己当外人地坐在观众席上看小崔如何实话实说,忽然有一次听到导播对摄像说:"别把敬一丹拍进去,'穿帮'了!"我这才意识到我在这儿碍事儿,导播一定是怕观众不解:怎么《实话实说》里出现了一张《焦点访谈》的脸?可我还不甘失去找乐儿和学习的机会,有时就到机房里或摄像照顾不到的地方去看。每当小崔说出什么妙语,我就会觉得自己挺不会说话的。比如一下岗女工说,再找工作得挣钱多点儿,离家近点儿,小崔接茬儿:"那得让工厂搬得离你家近点儿。"同样的理儿,我准得说成这样:"面对再就业,是我们去适应环境呢?还是环境适应我们?"显得事儿事儿的。难怪人们有这样的印象:一看《焦点访谈》的几张脸,出事儿了;一看崔永元的脸,这世界上其实没什么事儿。

小崔这种举重若轻的能力可不是一日之功,也不是灵机一动。十年前我刚认识他时,他是中央人民广播电台《午间半小时》记者,当时我去调研这个正火的节目,人家拿来一批优秀稿件给我,其中一个系列报道很醒目,写的是西北边关的事儿,很大气,很人性,很正经,很漂亮。稿笺上作者一栏,我第一次看到这个名字:崔永元。

不过,今天《实话实说》的崔永元和昨天《午间半小时》的崔永元很不一样了。

到底是《实话实说》成全了崔永元,还是崔永元成全了《实话实说》,探讨这个问题,就像探讨是鸡生蛋,还是蛋生鸡一样。

速写白岩松

如果说,人如其名,白岩松这个名字,却又像他又不像他。

"白"这个姓,有一种透明感,这挺像小白。暧昧,含糊,支支吾吾,这些都不属于他。他一向快人快语,直言不讳,喜怒哀乐,溢于言表。骂起来,特解恨;夸起来,也特由衷。有一次,有一挺没劲的人发表了一挺没劲的观点,大家听了都不以为然,但也没打算接下来有什么对应之举,小白却不,他立刻拿起电话与人商榷,毫不留情,理直气壮,直把那缺少常情常理的观点驳得体无完肤。我在一边听了,心想,这小白,是没有,还是不愿学一点世故呢?

"岩松"这两个字也很像他,有棱有角,有力度,既正且直,锋芒毕露,就像那满树松针。人们在屏幕上看到的他,多半就是这样的形象。那次,当中国的足球,当然是男足,又一次让国人失望时,白岩松在《东方时空》中慷慨陈词:主场不行,客场也不行;白球衣不行,红球衣也不行;中国教练不行,外国教练也不行……一口气说了十几个"不行",一口气吐出了众球迷久积于心的郁闷,那凌厉的语势让我这样一个不懂足球的人也受到感染。随后,就有朋友来电说,他们十几个报社总编正聚在一起,齐声为白岩松叫好,特意索要这份稿子登在他们的报纸上。

说这个名字不像他,是说"岩松"这两个字显得静了一点儿,没有他那特有的动感。

一说到他的"动",眼前立刻有一个典型的场景:足球场,他狂奔时,他冲撞时,他扑倒在地向观众致意时,都会让人想到,他身上流的是蒙古族的血,到底是北方小伙!然而,更多的时候,他的"动感"并不是外化成动作,而是骨子里透出的那种生命活力。我们经常见到的情景是,岩松一进门,就像带进一屋子的负氧离子,办公室的空气立马活跃起来。话题一个接一个,当然都是热门的;段子一个接一个,当然各种颜色的都有。岩松的兴趣极其广泛。虽然近视,但隔着镜片,他的眼睛总是呈搜索状,什么新鲜事都在他的视野之内。他的传播欲望极其强烈,思维活跃敏捷,状态积极投入。说话时连身体都是前倾的。我经常给广播学院的师弟师妹们举例说:看到白岩松的状态没有?那就是传播欲,极而言之,就是"不传播毋宁死",这就是渗透在血液里的电视记者的品格。

从"岩松"这个硬朗的名字里更看不出他偶尔才被人感觉到的柔情。谈起夭折的同学,谈到病痛中的朋友,小白便神情黯然。谈起他所尊敬的沈力老师,他像儿子一样充满感情地说,在中国所有主持人中对我影响最大的就是沈力老师。我多希望沈力老师再年轻一次!您不需要奖杯了,但一直有很好的口碑在人们生活中流传,我们替您听到了。对那患了绝症的女孩儿穆然,岩松更像一个哥哥。穆然弥留之时,岩松避开记者,与妻子一起去看望穆然。穆然笑着去了天堂,医院空着的病床上,只留下了一件东西,那就是岩松和妻子送给穆然的毛绒娃娃。在人间的最后时刻,那毛茸茸的温暖伴着那女孩儿。

一个名字怎么能包含一个人的全部呢?可我仍然想,如果岩松的名字里有个"风"啊、"飙"啊什么的,不就更是名如其人了吗?

与你共品
yu ni gong pin

敬一丹,中央电视台《东方时空》栏目记者、主持人。这是名人写名人,同行写同行的文章,从文章的字里行间体现出被崔永元、白岩松称之为敬大姐的大姐式的赞许、评价、关爱。《闲话闲说崔永元》这一文题是从《实话实说》脱化而来的,既符合原栏目,又符合崔永元其人的风格。也与文章的内容相吻合。崔永元最大的特点是"让说话回到了平常","根本不像丫主持人",崔永元的说话艺术绝不是一日之功,而是对语言艺术掌握到一定程度的体现,作者正是抓住了他有别于他人之处把崔永元写得活灵活现。《速写白岩松》的文题符合《东方时空》的频率,也符合白岩松的思维、语速及其人其风。文章从名字入手,望"名"生义,既写活了一个"有棱有角""硬朗"的白岩松,又写活了一个有情有义"柔情"的白岩松。两文文笔流畅自然,抒情色彩浓重,毫无矫情之感。读来备感亲切、自然。

个性独悟

★文中哪处体现了面对崔永元有股"自己人"的劲儿?从第一和第二段看崔永元与其他主持人有什么不同?

★"也许是自己越没有的,越喜欢",作者所说的自己"没有的"是什么?与崔永元不同的是什么?(用文中原话回答)

★"一口气吐出了众球迷久积于心的郁闷"中球迷的"郁闷"是什么?"渗透在血液里的电视记者的品格"是什么?

★两篇文章写活了两位主持人,那么崔永元和白岩松的主持风格有哪些不同呢?

★如果将文中的一句"让说话回到了平常",改为"让写作回到了平常",你认为本文最大的特点是什么?

快乐阅读

我认识的鲁迅先生 / 巴 金

像先生这样懂得所谓"人情世故"而且知道旧社会很深的上了年纪的人，怎么能够跟年青人做朋友而且有亲密的关系呢？

也许有人不了解。其实先生跟别的人一样，在年青的时候喜欢跟年青人做朋友，不同的是，他由壮年到老年，还是喜欢跟年青人做朋友，跟年青人在一起，他也显得年青，而且跟年青人一样地纯真。

对付敌人他可以利用他那些关于旧社会的知识，可以利用他那些"人情世故"；对待青年他却非常天真而且善良。

以前，他同他的学生孙伏园一起旅行陕西、厦门、广州，他看见孙伏园体弱，便常常自动地替孙伏园打铺盖卷。这一类帮助年青朋友的事，在先生的一生中，其实是很多的。

很少有人像他那样地爱护青年。我记得有一回有人请先生吃饭，几个有地位的人在席上一致指摘（　）一个年青编辑的缺点，先生不满意这种缺席裁判，不待终席便拂袖而去。这个年青编辑就是《译文》期刊的编辑黄源。

这以后《译文》停刊了，黄源也失了业。他为了《译文》复刊的事情四处奔走。他常常去看先生，有一回先生对他说："看见你瘦了，我觉得很难过。"这是很自然地说出来的。

正因为先生对每一个年青朋友都这样深切地关心，所以在柔石等五位烈士牺牲以后，他会写出像《为了忘却的纪念》那样充满悲愤的文章。

作者巴金是现代文学史上最优秀的作家之一，原名李尧棠，字芾甘。他的创作历程可分为前期和后期，前期属青春的赞歌，集中描写

青年反抗者、革命者。代表作《灭亡》、《新生》、《爱情三部曲》(《雾》、《雨》、《电》)和《激流三部曲》中的《家》;后期风格由热情奔放的抒情咏叹,转向深刻冷静的人生世相的揭示,调子变得悲哀、忧郁。代表作《激流三部曲》中的《春》、《秋》,还有《憩园》等。本文通过鲁迅先生关心和爱护青年的几件事,表达了作者对鲁迅的赞美和敬仰之情。阅读本文时要注意学习作者语言简洁、质朴的特点。

★请用一句话概括本文的主要内容。

★第三段在本文的作用是什么?这段话运用了什么写法?目的是什么?在第五段的括号里填上一个近义词。

★第五段"先生不满意这种缺席裁判,不待终席便拂袖而去"一句中"拂袖而去"写出了鲁迅什么心理?这句话的含义和作用是什么?第六段中"很自然地"怎样理解?第六段头两句话删掉行不行?为什么?

此情可待   [俄]奥斯特洛夫斯卡娅

22岁的奥斯特洛夫斯基给我初次印象是:高高个头,很瘦,面色苍白,而他的一双深棕色的眼睛却很敏锐。他拄着拐杖,步履艰难,一点也不像一个英雄,我带着明显的好奇心打量着他。

他令人钦佩的地方很多。记得深秋的一天,天上下着倾盆大雨,脚下的烂泥飞溅,真是寸步难行。就在此时,他在一家穿堂风吹得呼呼直响的门槛下,发现一个睡着的流浪儿双手紧紧地搂着一条狗。这在动乱的当时是不足为奇的。而保尔却十分同情这个孩子,毫不犹豫地走过去将孩子抱起就走。老实说,保尔这样做实在是欠考虑的。他自己就是客居我们这儿的,怎么能自作主张地收留别人呢?再说,我们的住房已经拥挤到难以想像的地步。到家后,我们忙着给孩子准备洗澡水、劈柴、烧火……等忙碌完了,大家睡下时,已是深夜了。时至今日我回想起来,心里仍不能平静。也许,就从那时候起,奥斯特洛夫斯基就以其善良赢得了我对他的爱慕。

奥斯特洛夫斯基性情直爽,为人非常坦诚,没多久就和大家成了朋友。他喜欢开诚布公,厌恶模棱两可。他曾企图用勃郎宁手枪了却自己的残躯,然而,在这关键时刻,正是他的诚实,不妥协和严肃,帮助他克服了思想上瞬间的软弱。

在尼古拉的枕头底下,随时都放着一把子弹上膛的勃郎宁手枪,有时我也把枪拿出来,帮他拆卸、擦拭、加油、上子弹。我清楚地知道,这支在1923年与反革命匪帮残酷战斗时期发给他的手枪,是他忠实的朋友,是活生生的、摸得着的并与自己过去的战斗经历有着密切联系的纪念品。已经卧床不起的尼古拉说,手枪放在身边,就好像自己仍然是个战士。

常常有人问我,奥斯特洛夫斯基是怎么想到写书的?这要追溯到他到我们这儿来的第一个艰难的冬天。在无数个大雪纷飞的傍晚,我们都长时间守候在尼古拉的床边,陪伴他。他为了不使我们感到烦闷,就给我们讲自己怎样在红军部队里和波兰白军厮杀;讲他怎么负的伤,又怎么去基辅修筑窄轨铁路……当然,他从不炫耀自己,许多事情尽量避免涉及自己,而只讲其他同志。他发现我们听得是那么津津有味,便产生了把这些事情撰写成一本中篇小说的想法。

那时,他还未失明。在自己病痛难忍的时刻,他就朗读谢甫琴科的诗歌,尤其喜欢长诗《公爵的女儿》。这本书他走到哪里带到哪里,一刻也不分离。由于经常的翻阅,书被弄得破烂不堪,封皮也掉了(现在该书保存于奥斯特洛夫斯基博物馆),而剧痛难熬时,就唱他喜欢的由谢甫琴科作词的一些歌儿。他说,一唱起歌儿,就好像自己又回到舍生忘死、艰苦战斗的岁月。所以,我很清楚,一旦他放下工作唱起了歌,那就说明他的身体状况很不好。但对自己糟糕的身体,他自己一次也没抱怨过;对自己忍受的痛苦,他只字不提。甚至当他的生命走到尽头的一刻,仍旧不吭一声。在他即将离开人世的最后一天晚上,尼古拉想到的仍旧不是自己,而是我们双方的母亲。他说的最后一句话是:"妈妈,请你们多保重!"

生前，他总是很乐观，充满了朝气。我每天下班回家时，不知不觉地便加快了脚步。心里有一个念头，总想快点见到他，因为家里等着我的不是某些人想像中的沉闷、忧愁和烦恼，不是！等着我的是一个既欢乐又非常"淘气"的人，等着我的是愉快！是幸福！

谈起尼古拉，有些人总会说："唉，他多么不幸！"每当我听到这样的话时，总觉得很反感。

奥斯特洛夫斯基每日每时都与周围的许多人保持着联系。双目失明以后，人们给他读报时，他听得更为认真，什么都想知道。在有了无线电收音机之后，他的高兴劲儿就更不用说了。我曾经很奇怪，他总是想方设法了解日常生活中所发生的事情，就连一些琐碎的，在我看来是毫无意义的小事也不放过。随着时间的推移，我终于信服了，所有的这一切对他都是很需要的，因为祖国的命运与他息息相关，他时时刻刻都关心着祖国的安危。

对他来说，最不幸的是1928年，那一年他双目失明，体内疾病又严重恶化，不得不长期卧床。那一年，也是我们生活上最艰难的一年。那时实行配给制，尼古拉每月领取35卢布的残废金，这点钱即便供了一个人用也是很紧的，而我不能参加工作，因为我专门护理奥斯特洛夫斯基——将他一人留在家里我实在放心不下。

在这种万般无奈的情况下，我们，用奥斯特洛夫斯基的话说，只能去"犯法"。当时我们俩还未办理结婚登记，我用的仍是未婚前娘家的姓。奥斯特洛夫斯基就把我作为"家庭女工"登记，这样我就可以领到一张配给卡了。在此我顺便说说，这也许是奥斯特洛夫斯基一生中惟一的一次"违法"行为吧！

在和读者见面时，有人曾跟我说，奥斯特洛夫斯基找到了你这样的终身伴侣，非常幸运。对此，我觉得很不公平，因为感到幸运的应该是我。在认识奥斯特洛夫斯基以前，我所见到的大多是不幸的婚姻和受折磨的妇女。而尼古拉在短短的几天内就以其时时关心他人的同情心征服了我。他给我的很多！我对他的爱慕之情也随之在心中燃烧起来。我一分钟也不感到孤独。而孤独对多数妇女来说，恰恰是最痛苦的，在长达10年的共同生活中，我从未听到他说过一句粗鲁的话。

《钢铁是怎样炼成的》一书出版后，全国各地都寄来了热情洋溢的信件，莫斯科邮政总局不得不专门抽调几名邮递员成立一个邮递小组来递送奥斯特洛夫斯基的信件。常有这样的信，信封上只写"莫斯科：保尔·柯察金"。其中有一些信，我至今还能一字不差地背出来。比如，有这样一封信，开头是这样写的：

"致使我成为人的人。"接着写道:"我过去是一个小偷,我在偷来的一只皮箱中发现一本《钢铁是怎样炼成的》,我随意读了一页,谁知,一看不要紧,就再也放不下了。一口气读完后,我终于明白了,书中的主人公为什么献出自己的一生。而所有这一切在我身上都翻了个个儿,我为自己这样生活感到羞愧。我是一个谁也不需要的人。读了这本书以后,我告诫自己,一定要痛改前非,重新做一个真正的人,要像奥斯特洛夫斯基那样去生活。我一直恪守誓言,现在我已在地铁制造厂工作,也成了一个对人民有用的人,生活很充实,很愉快,我的幸福全归功于奥斯特洛夫斯基。今后,假如再出现保尔所碰到的那种局面,那么我,或像我这样的人,一定会像奥斯特洛夫斯基那样去战斗,去工作的。"

我记得,一位很有才华,见多识广的作家在分析他为何抑制不住自己对尼古拉的无限敬重时说道:"在我国,有才华的作家很多,而像奥斯特洛夫斯基这样的作家,全世界却只有一个。"

与你共品

作者奥斯特洛夫斯卡娅是奥斯洛夫斯基的妻子,曾任奥斯特洛夫斯基博物馆馆长。此文写于纪念十月革命胜利70周年前夕的1987年。本文回顾了她和奥斯特洛夫斯基相逢、相爱的难忘岁月,在万分艰难的环境中他们心心相印、共同奋斗着结下的真挚情谊。作者围绕"他令人钦佩的地方很多"这句话记叙了奥斯特洛夫斯基的许多闪光的往事,他的善良,他的坚强,他的从不炫耀自己,他的作为人子的孝心,他的作为战士的坚强、对祖国的关注,特别是他认为万般无奈的"犯法"……战士终究是战士,尽管他疾病缠身,躺卧在榻,他虽有瞬间的软弱,但他赢来的是坚强的一生。他始终以一名战士的姿态战斗到生命的终点。谁又能说"保尔"的生命有其终点呢?岁月流逝,情怀依旧,但愿曾鼓舞几代年青人追求理想,献身人类伟大事业的保尔精神,再一次鼓舞年青的朋友们,这是所有过来人的企盼。

个性独悟

　　★为什么说奥斯特洛夫斯基给"我"的初次印象"一点也不像一个英雄"？怎样理解第二段中"这样做实在是欠考虑的"而又"也许，就从那时候起，奥斯特洛夫斯基就以其善良赢得了我对他的爱慕"？

　　★"去基辅修筑窄轨铁路"是《钢铁是怎样炼成的》的一段重要章节，请你写出小说中两处重要的细节？

　　★这是奥斯特洛夫斯卡娅回忆奥斯特洛夫斯基的文章，请用文中曾出现的两个字概括她对他写这篇文章时的所流露的真情。

　　★为什么说"像奥斯特洛夫斯基这样的作家，全世界却只有一个"？其实捷克也有一个类似奥斯特洛夫斯基的作家，请写出他的名字和作品。分析文题《此情可待》的含义。

快乐阅读

百年前的李鸿章 / ···王树增

　　一百多年前的11月7日，大清国直隶总督兼北洋大臣李鸿章死了。

　　在大清国的历史上，没有哪一个人像李鸿章一样在身前死后招致猛烈而持久的抨击。这位晚清重臣的历史罪责深重得令人难以置信，仿佛中国近代史中所记录的众多屈辱与不公都是他一手造成的。国人一向将他从大清国即将灭亡前所经历的一切内忧外患中孤立出来，而痛斥他为一个彻头彻尾的卖国贼。

　　然而，李鸿章对大清国历史的影响又远远超出了中国的国界，西方史学家说："以军人来说，他在重要的战役中为国家做了有价值的贡献；以从政来说，他为这个地球上最古老、人口最多的国家的人民提供了公认的优良设施。"晚年的李鸿章更是支撑着摇摇欲坠的大清国的主梁，没有他的晚清史几乎是无法叙述的。

李鸿章无疑是值得关注的人物。

三千里外欲封侯

1823年2月,李鸿章生于安徽庐州府合肥县。1852年,他在翰林院的大考中名列第二。太平军起义后,李鸿章毫不犹豫地离开了京城,回安徽组织地方武装与太平军作战。他的勃勃野心是:一万年来谁著史,三千里外欲封侯。

1861年,长江下游的太平军向上海压缩,上海的商人官绅愿每月出60万两银饷以求曾国藩湘军的保护。银子是不少,但没人愿意去,因为此举等于要孤军深入到拥有百万之众的太平军的后方。李鸿章愿意去。

1862年3月,大清国历史上一支著名的武装——李鸿章11个营的淮军正式组建。

一个月后,淮军在两岸布满太平军营垒的水道上成功地进行了大穿越,进至上海。不久,3000淮军与10万太平军在虹桥交战,李鸿章亲临阵地,淮军剽悍凶猛,竟杀得太平军"尸积如山"。上海人目瞪口呆,淮军声名鹊起。

这一年的11月,李鸿章被任命为江苏巡抚。两年后的7月,当太平军都城南京被攻克后,李鸿章被封为一等肃毅伯爵,戴双眼花翎。

洋务重臣

淮军需要武器,1863年李鸿章买下洋人的机器设备,创办了中国第一个近代军工企业:上海洋枪三局。李鸿章算过一笔账:一发英国的普通炮弹在市场上要卖到30两银子,1万发铜帽子弹要卖到19两银子。他说,大清国凭什么要把白花花的银子给了洋人?

大清中叶以后,朝廷南北货物的调运部分改为海路运输,李鸿章抓住时机督办创立了"招商局轮船公司"。这是中国第一家民营轮船公司,它一直运营到1949年。而当洋人要在中国开设电报业务的时候,李鸿章不允许洋人从香港铺设来的海底电缆上岸。时隔不久,由他支持铺设的中国第一条电报电缆线在大沽口到天津城之间开通。作为大清国惟一出访过工业革命后的欧洲的重臣,李鸿章深知电报业蕴藏着极高的军事和民用价值。

由于他的支持和参与,洋务派创办了中国近代第一条铁路、第一座钢铁厂、第一座机器制造厂、第一座矿务局、第一所电报局、第一所外国语学校、第一所近代化军校、第一支近代化海军舰队……

李鸿章曾对美国人说,只有将货币、劳动力和土地有机地结合起来,才会产生财富。清政府必须邀请欧美资本进入大清国,以建立现代的工业企业,帮助大清国开发利用本国丰富的自然资源。但这些企业的自主权应掌握在清政府手中。大清国欢迎欧美来华投资,提供资金和技工。但是,对于铁路、电讯等事务,要由大清国自己控制。他说:"我们必须保护国家主权。"在中国还处在男人梳长辫、女人裹小脚的时代,李鸿章的这番话可谓石破天惊。

李鸿章为大清国国计民生的近代化所奠基的所有事业,令他身后的国人一直在受益。

危急时刻的"出场"

1894年爆发的中日甲午之战是李鸿章一生遇到的最大的挫折——"海军费绌,设备多不完善,唯鸿章知之深。朝野皆不习外事,谓日本国小不足平,故全国主战,独鸿章深知其强盛,逆料中国海陆军皆不可恃,故宁忍之诟言和。朝臣争劾鸿章误国,枢臣日责鸿章,乃不得已而备战。"1895年,在甲午战争中战败的清廷令李鸿章前去日本议和。面对日本人割让辽东、台湾、澎湖,赔款军费3亿两白银的"要价",李鸿章知道如果采取强硬的立场,只能导致中日战争继续扩大。以大清国实际的军力状况而言,结果只能是中国的东北被全面占领。可如果答应日本人的条件,大清国主权和财产的损失也是巨大的。李鸿章只能两害相权取其轻。

1895年4月,带着《马关条约》草约回国的李鸿章成了举国的"公敌":朝廷斥责他办事不力,官员说他丧权辱国,民间暗示他拿了日本人的银子,更有人公开声明要不惜一切杀掉他以雪"心头奇耻大辱"。被革了职的李鸿章不禁想起了全体军机大臣在上奏给皇帝的一份奏折中说过的一句话:"中国之败全由不西化之故,非鸿章之过!"

1900年8月15日,大清国的都城在外国联军以保护使馆为名的围攻中沦陷,政府和朝廷在对各国宣战仅两个月后逃亡。时任两广总督的李鸿章被重新调任为大清国封疆大臣中的最高职位:直隶总督兼北洋大臣。朝廷要求李鸿章北上与正在攻打这个国家的洋人议和——"每当满清政府把这个巨大的帝国带到毁灭的边缘,他们惟一必须起用的人就是李鸿章。"

10月11日,77岁的李鸿章到达北京,开始了与外国联军噩梦般的"议和谈判"。"每当聚议时,一切辩驳均由李鸿章陈词;所奏朝廷折电,概出李鸿章之手。"李鸿章意识到联军在京城屯兵数万,有随时扩大战争的能力。一旦战争再被挑起,国家的秩序无法恢复,朝廷的职能无法履行,关系到国计民生的经济活动陷于停滞,百姓和国家只能被拖入日甚一日的战乱。在京城的病榻上还在与洋人周旋争辩的李鸿章没有想到,慈禧看了十一国的《议和大纲》后"惊喜万分",因为其中没有一条涉及她。各国并没有让她交出权力的意思,于是立即表示:"敬念宗庙社稷,关系至重,不得不委曲求全。"并给李鸿章回电:"所有十二款,应既照允。"

1901年1月15日,李鸿章和庆亲王代表大清国在占尽"中国财力兵力"的《议和大纲》上签字。国人即刻指责道:"卖国者秦桧,误国者李鸿章!"

一个巨大的帝国屡战屡败,却每一次都要讨伐李鸿章不能维护国家权益。

李鸿章吐血了

1901年9月7日,代表大清国与十一国签订了中国近代史上著名的不平等条约《辛丑条约》的李鸿章在回到他居住的北京贤良寺后,再次大口地吐血。两个月后的11月7日,李鸿章死了,享年78岁。

就在李鸿章死前1小时,俄国公使还站在他的床头,逼迫他在俄占中国东北的条约上签字。李鸿章已不能说话,他只有眼泪了,眼泪流尽了,他的眼睛闭上了。

一辈子与蛮横的洋人周旋得身心俱憔的李鸿章死前留有遗折一封,其中切盼他的大清国"举行新政,力图自强"。李鸿章说,大清国已经没有绝对封闭的国防,西方势力不但在文化上侵蚀着中国,更重要的是他们有侵占中国的野心,其手段是"一国生事,多国构煽",列强的"友好"和"野心"从来都是掺杂在一起的。世界发展至今日,一国已不可能关闭国门而安然生存。大清国如果打开国门参与世界商品经济的往来,不但可以富强自己,而且因为贸易是双边的,等于也就制约了别人,这样的制约甚至强过武力。持有这样的认识的人,在百年前的中国可谓凤毛麟角。

李鸿章生逢大清国最黑暗、最动荡的年代,他每一次"出场"无不是在国家存亡危急之时,大清国要他承担的无不是"人情所最难堪"之事。虽然国人对他的评价一向与西方舆论截然不同,虽然在中国评价一个人是很容易同时也是很难的事情,但正如梁启超所言,国人在对其咒骂痛斥之时,万"不可不深自反也",万"不可放弃国民之责任"。梁启超还说,他"敬李鸿章之才","惜李鸿章之识","悲李鸿章之遇"。

大家对李鸿章的认识大概是缘于如《甲午风云》等作品中那个老迈腐朽、昏聩无能的李鸿章形象。其实,这只是由于李鸿章对农民起义运动的镇压和屡次在清政府陷入严重危机时出面谈判,签订条约所致。虽然李鸿章是腐败没落的清政府的忠实捍卫者,但却对西方科技文化的传播以及对国家主权尊严最大限度的捍卫,都起了不可磨灭的作用。可以说,没有李鸿章,晚清中国只能更落后、更屈辱。本文较为翔实和忠实地记录了李鸿章的官宦生涯,可以使大家对李鸿章有一个全面而深刻的认识。

★仔细阅读文章,谈谈你对李鸿章的认识。

★梁启超"敬李鸿章之才"、"惜李鸿章之识"、"悲李鸿章之遇",结合文章具体谈谈,李鸿章的"才"是什么?"识"是什么?"遇"又指什么?

月　台 / ···吴文英

　　我家在一个偏僻的山旮旯里,全家人的生计,靠的是父亲一把锄头,一身硬骨。

　　来厦门上学的那天,父亲怕我路上有闪失,送我到火车站乘车,并帮我将行李提进月台。

　　火车还未到站,不知是这几天四处借钱的劳累,还是又记挂起圈中的耕牛,他蹲在一旁默默地抽起了旱烟。我时而瞧瞧路轨,看看火车是否进站;一会儿瞧瞧父亲,白色的烟雾从他面前腾腾升起,活像以前喷着蒸汽的老式火车头。

　　火车迟迟不来,父亲不耐烦地挺起身子,下意识地将衔在口中的烟蒂吐在地上。

　　"喂!喂喂!老头,你,你过来!"臂上系有红袖章的站台工作人员在吼着。我们不清楚是在喊谁,并没太在意。"老头!你别装聋作哑!给我快点儿过来!罚款20元!"当红臂章又喊了一遍,我俩左右细瞧,月台上除了我们别无他人时,才明白吼是冲着父亲的。

　　我们重又抱起被子行李,挪到红臂章跟前。红臂章已撕好一张条子,一手摊开着伸到父亲面前:"随地吐烟蒂,罚款20元!"

　　父亲一时懵了,呆呆地木立着!20元钱,这对心力交瘁的父亲,可不啻是个天文数字,他路上还对我说着:"但愿能及时赶上火车。你上车后,我好赶回家放牛吃草!"他所说的"赶",可是不舍得坐汽车,是爬20多里的山路啊!因为我清楚,除了我身上带的这些借来的学费,他身无分文!

　　"不想交还是没钱交?要是穷得一个子儿也没有,那就扣下行李!""不行呵!行李是孩子上学要带的啊!"父亲一边将我的被子搂得紧紧的,一边说:"我错了!我在田头习惯了,老把烟头扔地上!我不应该!能不能少罚些?我确实没钱呵!"我正想掏出钱交上去,听到父亲用几乎乞求的口气说:"要不,我为你们打扫月台!把月台干干净净地清扫一遍,就算抵消我的罚款吧?""不行,哪有这么便宜的事!再打扫五遍,也得交钱!"红臂章"不屈不挠"。

周围陆续围上来几个旅客,七嘴八舌中有人说:"这可不'便宜'!打扫一遍月台要花好半天哟!"

也许是众怒难犯,红臂章悻悻地说;"那扫地吧!待会儿,我要是查出地上有纸屑什么的,加倍处罚!"

"呜"火车进站了。我赶忙上了车,回头时,父亲朝我扬了扬手,什么话也没有说!我忽然觉得眼前一片模糊,父亲隐没在一片迷茫里,活像以前喷着蒸汽的老式火车头!

读此文,我的眼前也是一片模糊!被这浓浓深情所感动,文中的父亲穷得一个子儿也没有。穷得只剩下一身的铮铮硬骨!隐隐的感动中,透露着隐隐的愤怒与悲哀。作者没有过于精雕细琢,也没有优美的语言,平实的叙述中凸显了父爱的沉默与深厚!我们不会忘记这份爱,将它收藏在心灵的深处,也必将化为进取的动力!

伤 疤 / 黄春笋

每当看到左手腕上那道长长的伤疤,我便百感交集,那一往事再次浮现心头,思绪把我带回四年前的那个暑假。

那是个鸟语花香的日子,那天我很幸运,也很悲惨。母亲一场大病终于好转过来,父亲为了凑够母亲欠下的医药费,东挪西借,早已负债累累,真到了山穷水尽的地步。不知是阴差阳错,还是天意捉弄人,在这个"叫天天不应,叫地地不灵"的时候,我却鬼使神差般地从二楼跌下来,摔断了左手的臂骨。这突如其来的变故,无疑给父母增加了新的负担。母亲承受不了这残酷的现实,泪如泉涌;父亲脸上乌云密布,愁眉紧锁,显出无限的忧愁与悲伤;我经不住这撕心裂肺般的痛苦折磨,号啕大哭起来。

经诊断，我左手臂骨连断三截，得知这乡村医院无法医治的时候，父母陪我踏上那辆伤心的快车，来到廉城到处寻医。这个繁华的都市纵有医院无数，医疗费却是昂贵得让人吃惊，大医院是住不久的，父母只好给我挑了间声誉较好的中医院。

在留院期间，我觉得周围的一切都是那么陌生，心里惦记着那个充满温情的家。父母经常安慰我："小弟（父母对我的称呼）乖，等手好了，我们就回家。"每当这时，我便会发现他们的眼睛闪烁着晶莹的泪光，仿佛在这一瞬间他们又苍老了许多。

为了解除我内心的苦闷，父母经常到图书馆给我借书看，那时我已是一个小书迷了，小人书更是我的至爱。整天呆在病床上看书，使我感到无聊与孤寂，父亲便尽可能地陪我到马路边散散步，消遣消遣。马路上川流不息的汽车对我这个乡村小子来说是那么新鲜。父亲常常深情地凝望着那一闪即逝的汽车对我说："人总要向前看，向前走的，就像那汽车，只是偶尔停下来，可目标仍是向前的！"

伤愈后，我的左手腕上便留下了一道长长的伤疤。小时候，我觉得它很丑，很碍眼；如今看来，它又是那么美丽，那么亲切可爱，仿佛那是盘旋于崇山峻岭之间的万里长城。啊！这不正是父母用爱在我身上筑成的爱之长城吗？在我的眼里，它比万里长城更加气势磅礴，更加坚不可摧！

这是一篇抒写浓浓亲情的记叙文，作者以"伤疤"为线索，叙述了自己因摔断左手臂骨而住院的悲伤经历和令人心酸动容的家庭遭遇，展现了一幅幅作者一家面对厄运突然降临的真实动人的画面和他们不屈服于命运的抗争精神，选材得当，主题突出。善于运用对比手法，营造悲伤感人的氛围，为主题的升华做铺垫。由自己的伤疤联想到父母亲情凝成的"万里长城"，情真意浓，巧妙点明主题。它的成功告诉我们：好作品来源于身边的生活，它是真情实感的再现。

悄悄地讲大师的故事

人物卷

我应该谢谢他,他改变了我的一生,他是我一生中对我影响最大的人。

积少成多

无论做什么事,若能不断努力,每次做一点儿,持之以恒地做下去,积少成多,可以做成大事。

格拉斯哥大学的教授凯尔文爵士,喜欢在物理课上作一个示范。他把一块很重的铁吊在教室的天花板上,然后,从一个装满纸团子的篮子里,抓起一个又一个纸团,不停地向铁块投去、砸去。那块顽铁真可以说是纹丝不动;但过了一会儿,开始轻微地颤动;然后开始摆动,最后居然像钟摆一样,荡来荡去,这块顽铁在小小的动力之下,禁不住来自纸团的敲打,变得动荡。

中国硬笔书法第一人(节选) / 杨东明

一

公元1978年,一个名叫庞中华的名不见经传的小地质队员以文学爱好者的身份拜访我这个默默无闻的小业余作者。"将来中国会有一个钢笔书法运动,我要发起和推动它!"他说。我这个文学上的自大狂仰视着面前的妄想狂,把下巴惊讶成一具悬垂的钟摆。

他是大巴山孕育的精灵。

祖父在大巴山的脊背上多抓挠出了几块薄土,于是便收获了一顶"小地主"的帽子。这传家宝注定了要传给孙子,所以他过继给了重庆的舅舅。

从小学到初中,他的心一直是一架飞机,在蓝天上舞得翩翩跹跹。可是,他却未能跨进航空学校的大门,小舅舅戴上了"右派"的帽子,躲过了"地主"帽子的庞中华被镇在了"右派亲属"的宝塔下。

他未能学造飞机,却进了建材学校,学怎么烧砖瓦。三灾六难,七转八换,他被扔进一个小地质队,孤零零地,面对着死寂的大山,他苦闷得像野猿一般狂号。黏稠的血犹如混沌初开时地壳中的岩浆,痛苦地奔突翻搅,寻求着喷发的出口。

大巴山的精灵是多才多艺的。

他不是不可能成为一名出色的飞机制造机械师,他极富创造力,10岁时就会用自造的补鞋工具给伯父补皮鞋了。

他不是不可能成为一位音乐家。13岁时他便被挑选进市少年宫，成了一名出色的手风琴演奏员。后来，他曾不远千里，独自进京，拜名师学艺。

他不是不可能成为一个诗人、作家，在学校读书时，他就在《重庆日报》上发表过组诗《华蓥山寄语》。

……

然而，一切都从船舷边滑过了，他又撞上了"文化大革命"的礁石。

能唱会拉，能写会画，他被打成了"小三家村"。这以后，整天和尚打坐一般学文件，受批判，他老老实实地在笔记本上写、写……大家都公认他学习态度最端正，有谁知道那是他在寻求着生命的突破口呢！

他在练习钢笔书法。

二

1975年，我在一个偏远地区的文化局里做着巴尔扎克梦。一个朋友携庞中华来访。庞中华让我"指点"他写的诗，我扫了一眼，顿时惊呆了。

"这，是你写的！"

用指甲轻轻地刮了刮纸上的字迹，我认定那是印刷上去的。

用黑色绘图墨水写就的一行行钢笔字俊秀瘦硬得让人难以置信，我从未见过如此漂亮的钢笔字。

原来，他早就编写了一本《钢笔楷书字帖》，还撰就了探讨钢笔书法的文章。隔日，他拿来，我们文化局的几个人全被"镇"了。大家又写推荐信又盖公章，忙碌得像是土地奶奶向天王爷爷家引荐自己的闺女。

然而天王爷爷退婚了，所有的东西都给打了回来……

在成功后的今天，庞中华告诉我，那整整10年，他就像拳击手一样，一次次被退稿的打击击倒，未等裁判员数到十下，又摇摇晃晃地站起来。

三

1979年6月。北京，新中街一座简易楼房的"蜗居"。

广为交友的庞中华被朋友带到了文怀沙的面前。

酷爱文学的庞中华早就对"文怀沙"三个字如雷贯耳。郭沫若、文怀沙、游国恩，曾被并称为中国楚辞研究三大家。据说当年俞平伯父亲新丧，手头钱紧。

文怀沙便将俞平伯《红楼梦研究》拿来出版，解了俞平伯的燃眉之急。文怀沙是胡风的老友，又传胡风对他的韬晦水平有高度评价："怀沙知道的事，全北京都会知道。"这些传言之真伪虽无从查考，但他的豪侠仗义，热肠快语却是众人皆知的。

此时，文怀沙留着长髯，像头瘦狮子一样在那间堆满破烂的小屋中徘徊。他坐了十几年监狱，刚刚放出来不久，那小屋似乎仍旧是囚禁着他的牢笼。

他津津有味地讲着怎样在牢房里偷吃黄豆的趣事，说要像雨果一样写一本《九三年》。

庞中华便讲他自己在大山沟里练字的故事，讲他的抱负。

破桌子摆上了。有酒无菜，一碟腌酱瓜，一碟炒青菜，一碟四川辣豆豉。

"五花马，千金裘，呼儿将出换美酒，与尔同销万古愁。"可惜，这里无马亦无裘。

文怀沙将大胡子抹了一把，豪爽地嚷道："小庞，且将你的字拿出下酒来！"

待庞中华将字帖递上，老先生竟孩子般瞪圆了眼："咦，你这书为何不去出版呀？"

庞中华便讲屡屡碰壁的遭遇。

文怀沙找了中国美术家协会主席江丰。

江老虽与庞中华素昧平生，但爱才之心，奖掖后辈之意，使他在赞赏之余，欣然命笔作序，并亲自将作品推荐给了天津人民美术出版社。

初版征订40万册，吓住了出版社。于是他们先印了20万，拿了5000册在北京劳动人民文化宫书市试销，三天内一售而空。半个月内，全国告罄。

于是急忙加印。

于是商量再发行第二本，第三本……

庞中华终于一炮打响，锋芒初露了！

公元1988年元月，当我再次采访他，准备将他的经历写成报告文学、电视连续剧、长篇传记体小说的时候，他已先后在国内及香港出版了16本钢笔字帖，培训了十几万学员，这些学员中有近百名在各类钢笔书法比赛中获奖。他主编出版了钢笔字帖丛书；他为新崛起的青年钢笔书法家的字帖出版作序；他从美学、教育学及音乐、建筑、舞蹈与书法的关系诸方面，探讨钢笔书法艺术，撰写出版了《钢笔书法论》，将钢笔书法艺术的研究提高到了一个新的层次。他"以学养学"，"以学促学"，先后为全国少年儿童基金会、老山前线部队、河南省钢笔书法基金会等捐款十几万元……

日本现代钢笔书法学会会长柴田木石先生曾为他手书:"中国硬笔界第一人者,敬服。"

与你共品

这是一篇人物传记。作者饱含着激情向人们叙述了大巴山的儿子,从苦难的童年、少年到青年的生活经历;以人物的成长过程,向人们昭示成功的秘密。揭示出人生的哲理:"天将降大任于斯人也,必先苦其心志,劳其筋骨,饿其体肤……"(《孟子·生于忧患,死于安乐》)庞中华,无愧于中国硬笔书法第一人,他用自己的行动实现了他的诺言。这篇文章语言质朴,叙述井井有条,人物描写详略得当;选择的材料真实,感人肺腑,使人读来潸然泪下。

个性独悟

★庞中华说"将来中国会有一个钢笔书法运动,我要发起和推动它"这表明了庞中华怎样的雄心壮志?文中的"我"听到后是怎样的反应?

★作者说:"有谁知道那是他在寻求着生命的突破口呢",这里"生命的突破口"指的是什么?什么原因迫使庞中华寻求这个"突破口"?

★庞中华10年练笔,10年总结,他所取得的成果是什么?10年苦难,10年挣扎他没有倒下,文中是怎样描绘他的?

★庞中华无愧于"中国硬笔书法第一人",从他的人生之路,你"悟"出什么?

我的老师 / ··· 贾平凹

　　我的老师孙涵泊,是朋友的孩子,今年3岁半。他不漂亮,也少言语,平时不准父母杀鸡剖鱼,很有些良善,但对家里的所有来客却不瞅不睬,表情木然,显得傲慢。开始我见他只逗着取乐,到后来便不敢放肆,认了他是老师。许多人都笑我认3岁半的小儿为师,是我疯了,或是矫情。我说这就是你们的错误了,谁规定老师只能是以小认大?孙涵泊!孙老师,他是该做我的老师的。

　　幼儿园的阿姨领了孩子们去郊游,他也在其中。阿姨摘了一抱花分给大家,轮到他,他不接,小眼睛翻着白,鼻翼一扇一扇的。阿姨问:"你不要?"他说:"花疼不疼?"人们对于美好的东西,因为美好,不爱惜,不保卫,只想占有;有时是觉出了它的美好,我们也常常不珍惜它的美好,因为自己没有,生嫉恨,多诽谤,甚至参与加害和摧残。孙涵泊却慈悲,视一切都有生命,都应尊重和平相处,他真该做我的老师。

　　晚上看电视,7点钟中央电视台开始播放国歌,他就要站在椅子上,不管在座的是大人还是小孩,是惊讶还是嗤笑,目不旁视,双手打起节拍。我是没有这种大气派的,为了自己的身家平安和一点儿事业,时时小心,事事怯场,挑了鸡蛋挑子过闹市,不敢挤人,惟恐人挤,应忍的忍了,不应忍的也忍了,最多只写"转毁为缘,默雷止谤"自慰,结果失了许多志气,误了许多正事。孙涵泊却无所畏惧,竟敢指挥国歌,他真该做我的老师。

　　我在他家书写条幅,许多人围着看,一片叫好,他也挤了过来,头歪着,一手掏耳屎。他爹问:"你来看什么?"他说:"看写。"再问:"写的什么?"说:"字。"又问:"什么字?"说:"黑字。"我的文章和书法本不高明,却向来有人恭维,我也是恭维过别人的,比如听别人说过某某的文章好,拿来看了,怎么也看不出好在哪里,但我要在文坛上混,又要证明我的鉴赏水平,或者某某是权威,是著名的,我得表示谦虚和尊敬,我得需要提拔和获奖,我也就说:"好呀,当然是好呀,你瞧,他写的这幅联,'××××××××,×××××春',多好!"孙涵泊不管形势,不瞧脸色,不斟句酌字,拐弯抹角,直奔事物根本,他真该做我的老师。

街上两人争执,先是对骂,再是拳脚,一个脸上就流下血来,遂抓起了旁边肉店案上的砍刀,围观的人轰然走散。他爹牵他正好经过,他便跑过立于两人之间,大喊:"不许打架!打架不是好孩子,不许打架!"现在的人很烦,似乎吃了炸药,鸡毛蒜皮的事也要闹出个流血事件,但街头上的斗殴发生了,却没有几个前去制止的。我也是,怕偏护了弱者挨强者的刀子,怕去制伏强者,弱者悄然遁去,警察来了脱离不了干系,多一事不如少一事,还是一走了之,事后连个证明也不肯做。孙涵泊安危度外,大义凛然,有徐洪刚的英勇精神,他真该做我的老师。

春节里,朋友带了他去一个同事家拜年,墙上新挂了印有西方诸神油画的年历,神是裸着或半裸着,来客没有人时都注目偷看,一有旁人就脸色严肃。那同事也觉得年历不好,用红纸剪了小袄儿贴在那裸体上,大家才嗤嗤发笑起来,故意指着裸着的胸脯问他:"这是什么?"他玩变形金刚,玩得正起劲,看了一下,说:"妈妈的奶!"说罢又忙着进行他的操作。男人们看待女人,要么视为神,要么视神是裸肉,身上会痒的,却绝不肯当众说破,不说破而再不会忘记,独处里作了非分之想。我看这年历是这样的感觉,去庙里拜菩萨也觉得菩萨美丽,有过单相思,也有过那个——我还是不敢说——不敢说,只想可以是完人,是君子圣人,说了就是低级趣味,是流氓,该千刀万剐。孙涵泊没有世俗,他不认作是神就敬畏,烧香磕头;他也不认作是裸体就产生邪念,他看了就看做是人的某一部位,是妈妈的某一部位,他说了也就完了,不虚伪不做作,不自欺不欺人,平平常常,坦坦然然,他真该做我的老师。

我的老师话少,对我没有悬河般的教导,不布置作业,他从未以有我这么个学生而得意过,却始终表情木然,样子傲慢。我琢磨,或许他这样正是要我明白"口锐者天钝之,目空者鬼障之"的道理。我是诚惶诚恐地待我的老师的,他使我不断地发现着我的卑劣,知道了羞耻,我相信有许许多多的人接触了我的老师都要羞耻的。所以,我没有理由不称他是老师!我的老师也将不会只有我一个学生吧?

与你共品

　　选自《现代散文精品》。作者贾平凹,当代著名作家。他善于概括深刻的社会生活内容,并且与时代精神相统一,展现其现实主义风貌。代表作有中篇小说《鸡窝洼的人家》《腊月·正月》,长篇小说《废都》《浮躁》等。本文通过写作者以3岁儿童为师,反映儿童的灵魂尚未被名利异化,揭示出许多成年人的思想境界不及3岁小孩,要以童真来净化成年人的心灵。阅读本文,学习作者对人物形象的成功刻画。

个性独悟

　　★第一自然段中"孙涵泊!孙老师""孙涵泊"后为何加感叹号并接着又称"孙老师"?

　　★本文的第二至六自然段,写了"孙涵泊老师"哪几方面的美德?

　　★文章用了极普通的"我的老师"作标题,而实际写了一个极特殊的"老师",这里有何匠心?试想,如标题改为《我的三岁半的老师》将有什么不同?

　　★文章结尾一句"我的老师也将不会只有我一个学生吧?"其言外之意是什么?

　　★作者是希望自己和读者都回到3岁半儿童的知识水准和思想判断力吗?为什么?

快乐阅读

华老师,你在哪儿? / ···王 蒙

在小学一年级,我们的级任老师(犹今之班主任)姓葛,葛老师对学生是采取放羊政策的,不大管,一遇到天气冷,学校又没有经费买煤生火炉,以致有的小同学冻得尿了裤子(我也有一次这样的并不觉得不光荣的经历),葛老师便干脆宣布提前散学。

二年级换了一位老师叫华霞菱,女,刚从北平师范学校(简称北师)毕业,20岁左右,个子比较高,脸挺大,还长了些麻子,校长介绍说,她是"北师的高材生,将担任我们班的班主任老师"。

她口齿清楚,态度严肃,教学认真,与葛老师那股松垮垮的劲头完全相反。首先是语音,她用当时的"国语注音符号"(即ㄅ、ㄆ、ㄇ、ㄈ)一个字一个字地校正我们的发音,一丝不苟。我至今说话的发音,还是遵循华老师所教授的,因此,有些字读的与当代普通话有别,例如:"伯伯",我读"bebe",而不肯读"bobo","侦察"的"侦",我读如"蒸"而不是"真","教室"的"室",我读上声而不肯读去声等等,为"伯""磨"之类的字的读法我还请教过王力教授,他对我的读音表示惊异。其实我出生就在北京,如果和真正的老北京在一起,我也会说一些油腔滑调的北京土话的,但只要一认真发言,就一切按照华老师40多年前的教导了,这童年的教育可真重要。

华老师对学生非常严格,经常对一些"坏学生"训诫体罚(站壁角、不准回家吃饭),我们都认为这个老师很厉害,怕她。但她教课、改作业实在是认真极了,所以,包括被处罚了哭得死去活来的同学,也一致认为这是一个比葛老师强百倍的老师。谁说小孩子不会判断呢?

小学二年级,平生第一次作造句,第一题是"因为"。我造了一个大长句,其中有些字不会写,是用注音符号拼句。那句子是:
"下学以后,看到妹妹正在浇花呢,我很高兴,因为她从小就不懒惰。"
华老师在全班念了我这个句子,从此,我受到了华老师的"激赏"。

但是,有一次我出了个"难题",实在有负华老师的希望。华老师规定,"写

字"课必须携带毛笔、墨盒和红模字纸,但经常有同学忘带致使"写字"课无法进行,华老师火了,宣布说再有人不带上述文具来上写字课,便到教室外面站壁角去。

偏偏刚宣布我就犯了规,等想起这一节是"写字"课时,课前预备铃已经打了,回家再取已经不可能。

我心乱跳,面如土色,华老师来到讲台上,先问:"都带了笔墨纸了吗?"

我和一个瘦小贫苦的女生低着头站了起来。

华老师皱着眉看着我们,她问:"你们说怎么办?"

我流出了眼泪。最可怕的是我姐姐也在这个学校,如果我在教室外面站在了壁角,这种奇耻大辱就会被她报告父母……天啊,我完了。

全班都沉默着,大家感到了问题的严重性。

那个瘦小的女同学说话了:"我出去站着去吗,王蒙就甭去了,他是好学生,从来没犯过规。"

听了这个话我真是绝处逢生,我喊道:"同意!"

华老师看了我一眼,摇摇头,叹了口气,厉声说了句:"坐下!"

事后她把我找到她的宿舍,问道:"当×××(那个女生的名字)说她出去罚站而你不用去的时候,你说什么来着?"

我脸一下子就红了,我无地自容。

这是我平生受到的第一次最深刻的品德教育,我现在写到这儿的时候,心仍然怦怦跳,不受教育,一个人会成为什么样呢?

又有一次考"修身"课,其中一道题需有一个"育"字,我头一天晚上还练习好几遍这个"育"字,临考时却怎么也想不起来了,觉得实在冤枉,便悄悄打开书桌,悄悄翻开了书,找到了这个"育"字。还自以为无人知晓呢。

发试卷时,华老师说:"这次考试,本来有一个同学考得很好,但因为一些原因,他的成绩不能算数。"

我一下子又两眼漆黑了。

又是一次促膝谈心,个别谈话,我承认了自己的错误,华老师扣了我10分,但还是照顾了我的面子,没有在班上公布我考试作弊的不良行为。

有一次华老师带我去先农坛参加全市中小学生运动会,会前,还带我去一个糕点铺吃了一碗油茶,一块点心,这是我平生第一次"下馆子"了,这种在糕点铺吃油茶的经验,我借用了写到《青春万岁》里苏君和杨蔷云身上了。

运动会开完,天黑了,挤有轨电车时,我与华老师失散了,真挤啊,挤得我脚不沾地。结果,我上错了车,我家本来在"西四牌楼"附近,却坐了去"东四牌楼"的车,到了,仍然下不来车,一直坐到了北新桥终点站……后来我还是找回了家,从此,我反而与华老师更亲了。

我们上学时候的小学,每逢升级级任老师就要换的,因此,1942年以后,华老师就不再教我们了,此后也有许多好老师,但没有一个像华老师那样细致地教育过我。

1945年抗日战争胜利以后,国民党政府从北平号召一部分教师去台湾任教以推广"国语",华老师自愿报名去了,据说从此她一直在台北。

日前我得知北京师大附小的特级教师关敏卿是当年北师附小的"唱游"教师,教过我的,我去看望了关老师。我与关老师谈了很多华老师的事。关老师在北师时便与华老师同学。后来,关老师还找出了华老师的照片寄给我。

华老师,你能得知我这篇文章的一点信息吗?你现在可好?您还记得我的第一次造句(这是我的"写作"的开始呀)吗?您还记得我的两次犯错误么?还有我们一起喝油茶的那个铺子,那是在前门、珠市口一带吗?对不对?我真想念您,真想见一见您啊!

与你共品
yu ni gong pin

  本文以流畅的语言,真挚的情感,翔实的笔法,记录和回忆了华老师的一些往事,表达了自己对华老师的深深的爱恋和崇敬之情。同时也警示世人:童年教育十分重要。

个性独悟
ge xing du wu

  ★作者写自己的语音状况并详加举例的作用是什么?
  ★作者写了华老师对自己"非常偏爱"的哪几件事?

★文章结尾一段话的作用在于什么?
★本文运用了怎样的表达方式?

快乐阅读
kuai le yue du

渡工与老师 / 祝贝贝

老师说自己像渡工,渡工说我也像老师但比不上老师。

老师出了道作文题目,叫《渡工》,有一名学生写道,不管暴雨、烈日、严寒、酷暑,您总是撑着篙、打着桨,把一批又一批的旅客,尽快地送往彼岸。年深日久,白雪压住了您的双鬓,银霜爬满了您的须眉,寒风吹皴了您的额头,浪花打弯了您的腰背,可您还是那样,一渡来一渡去,没有片刻停留。远行的人通过您的渡船,早已去万里之遥,而您还在原地周旋。

有人问您,想不想弃舟登岸,远行千里?

您说,想。但渡口需要我,我就不能擅离职守。为了让更多的人远行,我也乐于在此献身。

啊,透过您那厚实的胸,我看到了一颗赤诚的心。

老师改这篇作文的时候,只批了一个朱红的"阅"字。第二天,他又出道作文题,名字叫《你眼中的老师》。还是那位同学,最先交了作业,老师接过一看,题目不错——《你眼中的老师》,可是内容却远没有上篇丰富,通篇只有一句话:"这篇作文昨天已经做过。"

老师这回连"阅"字也没签,只是到附近的供销站去买回了一箱蜡烛。那时,这地方还没有通电。

十多年过去了,一位年轻的工程师到这地方勘察,这河上要架一座6车道的大桥,上下几层都能通车的那种桥,城里人管那叫立体交叉桥。

工程师去请他的老师参加奠基典礼,老师一看工程师就是当年写一句话作文的学生,就对他说你还应该请老师的老师。工程师点点头,就去了。于是,奠基仪式上,就有两位白发老人参加了剪彩,一位手指细点,中指第一关节处有块厚厚的老茧,那是笔杆磨下的痕迹。还有一位手指极粗,状如老树根,老茧很多,但大都集中在掌心,那是竹篙刻下的印记。

当晚有酒会,灯光耀眼,但工程师执意拉了电闸,点起了蜡烛,说今天举行烛光晚会。

与你共品
yu ni gong pin

  小说讲述了一个感人的故事:一位老师从学生作文中领悟到自己的不足,刻苦钻研,以提高自己的素养,它赞美了不耻不足并努力完善自我的精神。

  小说构思巧妙。一是巧在借学生作文推动情节发展,引出矛盾,完成人物形象的刻画,小说通篇不足八百字,却不惜笔墨地引用学生两篇作文内容两百多字,看似浪费篇幅,实则大有深意;二是巧在以渡工喻老师;三是巧在以蜡烛喻老师的精神。

  小说刻画人物虽着墨不多,寥寥数语,却能将人物个性描写得鲜明突出,无论是虚心勤奋的老师,聪明有为的学生,还是德高望重的老师,忠于职守的渡工,都是如此。

  小说的语言富于内涵。普通的词句,却包含着极深广的内容,特别表现在对老师、对学生、对渡工及最后一段的描写上。

个性独悟
ge xing du wu

  ★"老师说自己像渡工"的理由是什么?

  ★阅完学生第二次作文后,老师"到附近的供销站去买回了一箱蜡烛",其用意是什么?

★结尾处写工程师不用耀眼的灯光,却点燃蜡烛,说要举行烛光晚会。他这样做的用意是什么?

★小说写一位当地学生成为工程师后,特意为当地架设立交桥,他为什么要这样做?

快乐阅读
kuai le yue du

考 试 / ··· 李家同

做了整整35年的中学老师,我可以说我这一辈子过得非常充实,非常有意义。

有一天,我忽然注意到班上有一位同学上课心不在焉,老是对着天花板发呆,期中考试,他的数学只得了15分,太奇怪了,全班就只有他不及格,而且分数如此之差。

放学以后,我请他和我谈天,这小子一问三不知,对他的成绩大幅滑落,他讲不出任何理由。他一再说他上课听不懂我讲什么,我却觉得他不用功,因此就威胁他,说要找他的家长谈谈。这位学生一听,立刻紧张了起来,他说他的父亲早去世了……他被我逼急了,忽然问我:"老师,难道你以为我骗你?难道我会做题目而假装不会做?"

我被他问得哑口无言,除了鼓励他以后上课要用功一点儿以外,还愿意帮他补习数学,而且当天晚上就开始。

这位学生以后就和我很亲密了。当时我们夫妻没有小孩,我太太知道这孩子没有父母以后,就找他来吃饭;他有什么事情,一定会来找我商量。

他考大学也很顺利,还来向我们辞行。可是第三天,我收到了一封他的信,信的内容令我大吃了一惊。

老师:

请原谅我骗了你一次,当年我功课一落千丈,是我故意的。我一直没有爸爸,也想有个爸爸,这样,如果有什么问题,我好问问他,因此我心生一计,我发现我的英文老师、国文老师和数学老师都是男老师,我决定假装功课不好,看看他们反应如何。

我的英语老师对我的成绩完全无动于衷,他将考卷给我的时候,一点表情也没有;我的国文老师将我臭骂一通,他说他最痛恨不用功的学生。他罚我站了一小时,我虽然只有高一,个子已经很高,高个子最怕罚站,这么大的人了,还要被羞辱,我当然心情不好,第二天《赤壁赋》一个字也背不出来。国文老师发现我交了白卷以后,立即又罚我站,然后,在下课的时候,他向全班宣布,他已放弃了我。

惟一关心我的就是你,你不但一再地问我怎么一回事,还帮我补习。其实你只要关心就够了。我完全没有想到你免费当我的家教老师,我必须假装不懂,如此装了整整两个月之后,才脱离苦海,但我从此发现我很会演戏。

最使我感动的人,其实是师母,她对我的关心,令我永远也忘不了。师母第一次请我去吃晚饭,正好寒流过境,我故意没有穿夹克。师母一看到我衣服单薄,立刻押着我去附近的冬衣地摊,替我选了一件厚夹克。我知道你们老师薪水不高,还对我这么好,我知道我找到爸爸妈妈了。

我从此以后将你当做我的爸爸,有什么事,我都会问你,你也都会给我建议,我也偷偷地学你的为人处事。你对人诚恳,我也因此尽量对人诚恳。这些都是你所不知道的事。

我要在此请你原谅我,我当年骗你,实在是迫不得已,我的确需要一个好爸爸,也亏得你对我关怀,使我从此凡事都有人可以商量。

由于你在我功课不好的时候没有放弃我,你是我一生中对我影响最大的人。

　　祝

晚安

骗你的学生:
张华上

这封信让我出了一身冷汗,我们做老师的一天到晚考学生,我们很少想到学生也在考我们。我的那位学生出了一个考题,显然只有我通过了这场考试。

我应该谢谢他,他改变了我的一生,他是我一生中对我影响最大的人。

与你共品

"我知道我找到爸爸妈妈了",一个学生在给老师的信中由衷地说。其实他花了很大的代价,"当年我的功课忽然一落千丈,是我故意的"。请读者们注意,"我们作老师的一天到晚考学生,我们很少想到学生也在考我们"。

这是美籍华人李家同的作品,他在文章中穿插着这个学生的来信,突出了文章的主旨:生活中处处有考场。"我应该感谢他,他改变了我的一生,他是我一生中影响最大的人。"

更为重要的是,文章向社会昭示了——做教师、做长者的永恒的生活主题,对所谓的"差生"一要弄清差的真正原因,二要真诚的对待他,用爱心感化差生。"差生"给我们出了一个考题,在转化差生的过程中去勇敢地接受这场严峻的考试,让生活过得更加充实,更加有意义,更加精彩。

个性独悟

★"我这一辈子过得非常充实,非常有意义","我"深感"充实"的理由是什么?

★张华同学为了达到"故意骗老师"的目的采用了哪些办法?其结果怎样?

★张华同学称"我"是他一生中影响最大的人,其原因是什么?

师者老马 / ···王 涛

　　毕业一年多了,也许马老师已认不出我这个学生,但我却总不能忘记马老师。马老师,学生好称其老马。年近50岁,副教授。不拘形迹,打扮常像看门人,头发茂盛且无序。他个性鲜明,有点儿侠客味儿,有时甚至像堂吉诃德。在学校诸多温文尔雅的教授之中,他显得很有特点。

　　第一堂课,马老师为我们讲的是有关"锅炉燃烧与烟气净化"的内容,他语出惊人:"你们热能专业的学生都是小败家子。人类的文明发展史可归结为两把火。第一把烧熟食物,给人类带来了光明和温暖;第二把火在锅炉膛里燃烧,给人类带来了工业文明,但污染也大量出现,生态遭严重破坏。如此下去,子孙后代要骂我们的!"

　　台下寂静无声。这是大学四年间,我们第一次真正意识到对社会环境应负有的一种责任。先前我从未想到它离我们如此之近。

　　教材是马老师自己编的,收录了他多年整治污染的研究成果,很多属于他自己的技术秘密也照登不误。他有时似乎也有"知识产权"的概念,对我们说:"我的课只讲给我的学生听。"只要有外人来听课,他就喜欢"讲些重点的东西"。而在我们的课堂上,他总是恨不得把脑子都掏给我们。

　　一日,马老师饭后散步到一大型煤厂,见到厂里生产的是普通型煤,他便找到头儿,非要告诉人家几项能降低硫氧化物的排放、减少污染的技术不可。那"头儿"也许以衣貌取人,也许对污染压根儿就不关心,也许不相信天下还有这等好事,反正把老马哄走了。偶说起此事时,老马一副耿耿于怀的样子。

　　毕业前,老马竭力煽动我们跟他去一单位搞毕业设计。他的广告语竟然是:"跟我搞毕业设计,有酒喝,有肉吃,有车坐。"结果去了后,"酒肉车"不幸都打了折扣。

　　其实,这不足为怪。老马给人家搞设计,完成之后,有的单位(特别是那些经济不景气的单位)"头儿",只要称兄道弟跟老马喝几杯,最好再拉扯上些什么校友之类的关系,多则哭哭穷,老马就会义无反顾去"扶贫",而忘了为何自己总属教授中的"第三世界"。

毕业时,老马送的"马语"是:"大学四年,你们应该带着'句号'进来,带着'问号'出去;不应带着'问号'进来,带着'句号'出去,那样你的大学生活是失败的!"

马老师啊,您好像什么都明白,又好像什么都不明白。

文章描写了一位致力于科学研究,对社会极端负责的副教授——马老师。在突出马老师品质的同时,作者对主人公的外貌、语言进行了生动、细致地描写,使人物形象十分鲜明,非常感人,阅读时要注意通过人物的言行了解人物的思想品格。

★结合第一段,说说马老师的外貌和性格特点。

★"这是大学近四年间,我们第一次真正意识到对社会环境应负有的一种责任。先前我从未想到它离我们是如此之近。"作者为什么说第一次意识到?为什么说离我们如此之近?

★概括老马的性格特点。

★理解第八段中"马语"的含义。

★"马老师啊,您好像什么都明白,又好像什么都不明白。"他明白的是什么?不明白的又是什么?这句话的作用是什么?

世纪末的怀念 / 张曼菱

在北国,那蒙着岁月灰尘的群楼,学子捧书的湖畔,这个世纪给我亮起了一盏盏明灯——我心目中的北大导师。不是每个学生和名师都有机会接触交往。他们的高风亮节、大义之言、大器之举,能使奋斗中的学子感到一种心底无私天高地阔的关怀。

清晨,未名湖上,总荡漾着微妙的雾气。我曾捧书于石上。晨风中,过来一位老者,他说:"你在看什么书?"

我说:"朱光潜的《美学》。"

他说:"这书不值得看。他的东西,都是从国外的美学理论那儿来的。你直接看几本西方美学史就行了。"

我不由有些愤怒:从哪儿来的一个老头,竟敢如此贬低朱先生?我默默地站起来,合上书就走。

走不了几步,忽听见耳边有人招呼道:

"朱先生您好!"

回头一看,是几个挂橘红牌的研究生正恭恭敬敬地向刚才那老头行礼。

我冲上去问道:"您,就是朱先生?"

老者含笑颔首:"我告诉你,不要看他的书嘛!当年外国的美学还没有进来,大家看他很稀奇。现在,那些书都介绍进来了,你可以直接看原著。最好是英语原著,翻译的有偏差。"

我面对朱先生,一时激动得说不出话来。他中等身材,小四方脸,一双眼睛笑盈盈看着我。

后来我才知道，朱先生患有最重的眼疾，近乎失明。可是那天我眼里的他分明炯炯有神。

如今湖水如昔，朱先生已经仙去。一定去了一个美的国度。

那年头，几位大师都撑着耄耋高龄来为我们讲课，我记得的有王力、吴组缃、林庚。这是他们最后的开堂讲学了。

这是大师们的世纪情怀。我们这拨学生满带着社会风尘和泥土气息，而大师们则以暮年辰光穿过大劫，跨山越水，却幸坐一堂。两代人相思相逢在中国历史又起身的时候，备感亲切。

"独立小桥风满袖"，这句诗，在我心中久久地成了林庚先生的化身。

林庚先生是在对我们这些"关门弟子"讲《楚辞》时，引了这句诗的。

在溽热的三伏天里，在"三教"的二楼，中文系77级、78级，再加上研究生们，教室里坐不下了，一直坐到走廊上，挤得汗雾蒸腾。

而林庚先生身着白衬衣，吊带西裤，长腰鹤步登上讲坛。顿时，一片清凉从天降下。

那是门难忘的课程，在那种大庭广众之下，林先生是那么潇洒独立，似乎炎热与拥挤带给他的只是愉快。在他那雅洁的风度中，抒发着对《楚辞》的爱、对学生的爱和对讲堂的爱。

我是知道林庚先生在政治风云时的一些始末的。"质本洁来还洁去"，这样的话当属于斯人。当年呼他去为红墙内那位女皇"讲书"时，林先生对于"尚方宝剑"不买账，不入宠。尔后冰山倒塌时，又对他进行所谓的"平反昭雪"，他亦认为：这也是一种加辱，拒不接受。

过世了的语言学泰斗王力先生，我也"间接"地打过一次交道。

同学关眉毕业之际，她希望回家乡后能进广西大学教书，害怕被派去当"机关秘书"之类。她想请王力先生写推荐信。王力先生并没有直接教过我们，是他的弟子教过。

但王力先生不仅同意写，并且说，让关眉"自己写好拿来"，他签字就行。当时关眉诚惶诚恐了，在宿舍里直嚷嚷：怎么老先生如此信任一个隔代的学生呢？

后来，关眉为儿子求学，到香港打工，见面就说自己"愧对北大中文系的培养"。总说有朝一日要回广西与同仁共修她心目中的"古典诗词"。

我想，王力先生的那个签字，也在令她不安吧？但愿她能有此为。

毕业后我每回北大，都去看望季羡林先生。

我与季先生相识，是在北大竞选的狂潮之中。

那时，我是第一个跳出来的女竞选者。在我的"竞选宣言"上，最惹眼的观点就是"东方美"，我以它来作为现代女性的发展模式。当我提出当代"男性的雌化与女性的雄化"问题时，简直引起轩然大波。大家都不习惯，说：怎么说得那么难听？

我成了众目睽睽的有争议人物，日子不好过。我的男朋友就是为此而离去的。这时候，季羡林先生的一位助手让我去先生家。她说，季先生一直关心着我。

转眼十来年，我与季先生联系从没有中断过。他一直知道我在哪里，在干什么，在经历着什么。一旦失去联系，他会惦念着。

那一年，我从天涯海角流亡归来，坐在先生面前，正不知他将如何看待我现在的状况，心下有些惴惴。

不料先生听我说完，甚欣慰。他说我：第一，没有盲目出国，对了！第二，"下海"，又对了！他说我，虽遭危难，不仅没有退后，反而又进了一步。

原来，季先生曾去美国，闻有人名字与我相同，以为是我化名他乡，特去打听，弄明不是。他心下一直悬挂我投路何方。这下他说放心了。护犊之心真是溢于言表。

在北大流传着这样的"段子"：当你在校园里看见一个衣着破旧、步履蹒跚的老人，也许，他手里提着杂物袋从小卖部回来，也许，他正在去领工资的路上。你要当心，切不可轻狂地小视他。因为，你可能连给他提鞋的资格还不够呢！像林庚先生，是一定要自己去领工资的，他不要人家送来。

张岱年先生就常自己去小卖部，以至有一次被售货员无礼相待，旁人怒而斥之："这是张岱年先生，你怎么可以这样？"

而朱光潜先生不就因为谦和，也被我无礼顶撞过吗？

北大之所以成为"北大"，是前辈人支撑开这方天地，是他们奠定了这片风水。

无论是他们出世还是入世，无论他们的个性是恬淡还是热烈，他们皆立足于自成一家的学术，并代表着中国的文化精粹，而并非一般只靠讲义吃饭的庸人。他们都有一颗优秀者的悲天悯人的心灵，和将后代引入正道的高尚责任。

在北大，老师们并不认为"你不来听他讲课"就是冒犯。他们常说，讲课的教学大纲，起点是针对应届中学生的。他们总鼓励我们抓紧时间，多学一些自己需要的东西。他们相信我们这批学生是非常珍惜这段学习生涯的，见面总是说:"注意身体,别累着。"

我在乡下"野学"时,读过车尔尼雪夫斯基的《美是什么》一类的书。一进北大,我就跑到系里去找"美学教研室"。我那时胆旺,南蛮子一个,即兴写就一篇《哀高丘之无女——中国的美学到哪里去了?》,交给教我们文艺理论的闵开德老师。那气势好像就在声讨他一样。

闵老师拿给了系里书记吕良看。后来我常干些"出格"的事,书记就说:"张曼菱,罗曼蒂克!"

作为一个经历过磨难的人,我可是第一次从领导口里听到这么宽容的话。

1979年下半年,北大人第一次真正用民主竞选方式来选举人民代表。我则是第一个跳出的女流之辈。后来,当我在校园遇到那些叫不上名字的面孔时,人家常常自我介绍道:"我是你的选民。"

今天,稚气的小学生们在竞选班长,孩子们争着说:"我能行。"是那么平常。可是当年,就因为我说了"我行",我受了多少气,挨了多少整,遭遇了多少艰难辛酸。因为当年中国人的精神状态是:我不行你也不行。如果你说"你行",这会惹恼别人。

竞选中,突然出现了署名"文学78级大多数革命群众"矛头直指我的大字报。那一天,77级、78级合并上美学大课,金开诚老师在上课前说了几句题外话:"同学们,我刚才走来看了一张大字报,很多人在反对一个女同学。这好像不是对同学应有的态度。我不明白你们的事,但是,我在反右时的教训请你们吸取。好了,讲课。"

下课后,我目送金老师离去。至今我与他没有私交。可是,相教何必曾相识?在这些精神坦荡的老师面前,我的委屈散之天外。

人,只要有一点儿"独立独行"的精神,眼前风波便可以置之度外。这是一张真正的文凭,使我走遍天下总带着"北大"。

与你共品
yu ni gong pin

这是一篇回忆散文。作者通过对北大几位导师的回忆与追叙,抒发了自己的怀念之情;讴歌了导师们的治学精神,人品高洁,孜孜不倦，不愧为学者风范。作者择取了北大20世纪中最享有盛名的导师、泰斗们，以生活中的点滴小事，展现了他们的个性、悲天悯人的心灵。作者选择了导师、泰斗的极富有代表性的材料，围绕着主题展开了井井有条的叙述、议论与抒情；使读者从细微之处领略了20世纪北大导师、泰斗们的风采。

个性独悟 ge xing du wu

★文中第一自然段作者说"这个世纪给我亮起了一盏盏明灯"，是谁"给亮起了一盏盏明灯"的？这句话运用了什么修辞方法？

★北大著名的教授，如何指导我读美学书籍？当我得知这位先生就是他本人时，我是怎样的一种心情？

★年势已高的林庚先生凭借什么赢得了潇洒独立？作者写雅洁的风度有何寓意？

★作者在文章最后说"这是一张真正的文凭，使我走遍天下总带着'北大'"。作者说的"真正的文凭"指的是什么？我走遍天下总带着"北大"，这加引号的北大有什么深刻的寓意？

★作者以怀念的心情，回忆了北大导师们对自己人生之路的重要作用，作者不仅学得知识，又学得做人；回忆你近几年的学生生活，你有什么所得？(用简洁的文字概述)

老薛，祝您一路平安 / ··· 高可意

老薛，我们的地理夫子，年过五旬，在教育战线奋战三十余年，可谓把毕生精力都奉献给了教育事业。

此夫子海拔不高，头顶原本葱葱茏茏的丛林，因岁月的侵蚀，水土严重流失，树木纷纷流离失所；将他脸上的皱纹比做黄土高原上千沟万壑之地貌的缩影，绝对不过分；一副大号花镜支在鼻梁上，对阳光的反射作用，相信比南极的冰盖一点儿也不逊色；本来挺拔的背，而今却背上了一个不小的丘陵。同学们本欲称之为薛老，但又觉不妥，故将两字换位称之为老薛，以示亲热。

在众多老师当中，我与老薛算是最具渊源。因为老薛曾在班中说，我是他教过的学生中惟——一个总体成绩优秀但地理什么都不会的学生，所以他对我印象深刻。而老薛给我的印象也极深，因为他是惟——一个在全班那么多人面前，如此不给我面子的人。

所以，我喜欢观察和分析老薛，并为自己的成果沾沾自喜。

老薛是个极严肃、负责而又风趣、慈祥的人。

前些天为了应付地理考试，老薛冒着酷暑左奔右跑，上蹿下跳，为我们搜罗到不下30张卷子，我等不胜感动。无奈此时距期末考试不过三个星期，数、语、英、物、史、政各科夫子也不甘寂寞，争相出招，于是我等便坠入考卷的海洋。

一日，正狂算 X、Y、Z，疯背 A、B、C，老薛夺门而入，用他的三尺教鞭猛敲讲台，大叫道："还不背地理？都什么时候了？还有多长时间？后天就考试了！你们想怎么样？"老薛的大嗓门儿在学校是出了名的，再加上他如此暴跳如雷，着实把我们吓了一跳。急忙拿出地理资料，摇头晃脑地背诵起来。

老薛此时才算满意,在我班优哉游哉地闲走,正当老薛转身欲出,不知哪个角落的哪位仁兄说了句:"老师,数学作业下课交!"但见老薛脸色骤变,嘴角抽动,摔门而出,少顷,数学、英语老师依次来到班里,皆道:"今天的作业先不用交了,以后再说……"

事后经消息灵通人士透露,老薛出了教室,直奔办公室,用他的"狮子吼"把所有老师"震倒"。各科老师无言以对,只好将课时"拱手相让"。不过还好,解放了我等苦难书生,于是乎,本班学生无不对老薛感激涕零。

虽然老师们对老薛十二分地忌惮,但我们对老薛是不惧的。因为老薛还是蛮通情达理的。我们在课下时不但不怕,还喜欢和他开开玩笑,活跃一下气氛。

通常,在上课前,老薛总喜欢把他的标志——三尺教鞭置于讲台,以示威严。下课后,以最矫健的步伐,昂首走出教室,以示潇洒。

一天,几个同学突发奇想,一个在教室外拖住老薛,另几个设法把老薛的标志藏在教室最隐蔽的地方。待到老薛上课时,便八方找寻,结果是铃也打了,课也下了,才在班中放扫帚的那方垃圾地带的最里面寻得他的"老伙计"。这也便有了老薛在课上无利器可用的狼狈和课下猫腰弓背找讲棍儿的尴尬。同学乐此不疲,坚持与老薛斗勇斗智,直到老薛知道此事后怒斥一番方才罢手。

不过,课上对老薛是万万不可造次的,如果不听我的忠言去招惹他,那你死定了。他的三尺教鞭可不是吃素的,要是落在你的身上,估计"九转还魂丹"、"十全大补丸"也救不了你。我就有这种经历,疼得我……唉,不提也罢……

当然还有许多趣事,比方在寒冷的冬季,那门上的一大团雪不偏不倚落在他的头上,他边擦还边笑;在他的教案里夹一张电影票,说是为了慰劳他而买的,等他到了电影院,才打电话告诉他,那是昨天的电影票……

他总说,和我们在一起,52岁的他仿佛成了25岁,而每到此时,我们总开玩笑说,和他在一起,十五六的我们仿佛变成了五六十,接着,便是我们的开怀大笑……

而如今,早已年过半百的他老人家快要退休了,我们有可能是他所教的最后一届学生了。我们就问他,退了休干什么去,他说,我们出去玩儿时,看到街角推着冰柜卖雪糕的就是他。两天前,老薛真的退休了,我们真的成了他教的最后一届学生。

走时,他说,以后要多多照顾他的生意。

我们说,会的。强忍住眼中的泪,去吻他那张布满沟壑的脸,在他的耳边,轻轻地、真诚地对他说:

"老薛,祝您一路平安。"

这是一篇感情真挚、生动有趣的抒写师生情的文章。无论是详述老薛为求地理地位的"狮子吼"、为寻教鞭与学生的斗智斗勇,还是一笔带过的师生间妙趣横生的故事,正是这种详略得当的处理,才将一个严肃认真又不失幽默、亲切的教师形象刻画得形神兼具、呼之欲出,将师生间的深情表现得淋漓尽致。顺畅自然的过渡、生动而富于个性化的语言亦是本文成功之所在。

文章脉络清晰,语言流畅,生动而富于个性化,便增强了文章的可读性。

我们的大朋友 / ··· 张心竹

瞧,这位头扎马尾辫、胖胖的,脸上经常挂着笑容的女教师,就是我们的英语老师——于老师,我们的大朋友。

别看她胖乎乎的,但行动并不迟缓,反而很有活力。于老师的脸蛋儿总是红扑扑的,像一个小姑娘。她爱穿颜色鲜艳的衣服,走起路来风风火火。她走到哪里,笑声就飘到哪里,连上课也是如此。

于老师的第一堂课就给我们留下了很深的印象,因为一上课她就开始暴露出了孩子本性。"Glad to see you!"于老师笑容满面地向我们摆摆手,全班鸦雀无声毫无反应。于老师像个孩子似的嘟起了嘴,连连摇头。而我们嘴里也嘟哝着:"你没教过,我们怎么会懂?""哦!"于老师摸摸脑袋,傻傻地笑了,连声说:"对不起,对不起。"我们也开怀大笑。

于老师讲课非常幽默。例如:在讲"happy"与"sad"这两个单词时,她怕我们混淆,又发挥出了那"孩子细胞",在黑板上即兴画了两张脸:一张脸笑眯眯的,眼睛眯成了弯月牙儿。跟现在于老师的脸是一样的。另一张呢,是一张哭丧着的脸。"谁来看图读一读?"于老师提问。我们的手像小树林一样竖了起来。于老师竖起大拇指,夸奖道:"Very good!"我们各个喜滋滋的,学起来更有劲儿了,于老师也笑得更灿烂了!

但你别以为于老师对我们永远是笑容满面,她也有严厉的时候。每次晨读,于老师都早早儿地来到学校,搬起一把椅子坐下,盘起腿,等待着同学们背单词。假如你背得好,于老师便会高兴得手舞足蹈,比你都高兴;如果你背得不好,她便会收起笑容,板着脸说:"再读二十遍!"你第二次成功了,于老师便会向你竖起大拇指,使人信心倍增。

于老师就像我们的一个大朋友,从不摆老师的架子,也从不训斥我们,跟她在一起,每时每刻都快乐,每天都有好心情!

既是严师,又是益友,这才是一位合格的教师。小作者围绕着这两点来构思。文章用细腻的笔调着重描写了三个场景:丝毫没有老师架子,知错能改;讲课方法灵活多样,又极具幽默感;严格要求学生,还不挫伤自信心。这些,都是一个学生评价老师最通行且最重要的标准。被小作者饱含真情地写出来,很能引起同龄人的共鸣。于是,一个能和学生打成一片,备受学生爱戴的英语于老师的形象,就跃然纸上了。

宝 贝 / ··· 卢含怡

> 有时,老师真的不需要呵斥与惩罚,只消轻轻一声:"宝贝……",便足以让一切真情和理解卷土重来。
> ——题记

央视2套演播厅内,第二起跑线的录制现场,演绎了这样一段直锥心扉的感动。

一个豆蔻年华的少女因一味贪玩而走上歧路。旷课、逃学、夜不归宿、砸路边的广告牌……终被学校清退。叛逆的个性,堕落的沉溺,无知的莽撞,倔强的覆辙,迷途的信念,枯萎的人生。父母甚至于凄凄切切地哀求校长,但始终没有一所学校肯为她敞开求学之门。无奈之下,只能把她送到当地一所特殊的学校——专为像她那样不羁普通学校的教育制度管教的学生所设立的。在那里,她遇到一个永远无法从生命中抹去的老师,遇到了一段足以改变命运、引导她南辕北辙的生活方式回到原途的经历。

在交谈中,她平静地叙述着过去的一点一滴,她与以往那些"朋友"露宿街头,干坏事;她被原来就读的学校勒令退学;她初到新学校时,死拽着校门,不肯进去……琐碎的记忆渐渐复苏,散成了点点飞花,构筑着一个曾经脆弱而迷途的灵魂。她很坦然地面对自己的过去,没有羞怯,她简明的语言像是在阐述一件远逝的事。

现在的她开朗、幽默,更不乏机灵、正直,率真的笑容常常让在场的人为之感动。当一切褪尽铅华,一如她拾起了一个新的人生起点,人们会惊叹:谁拥有这么伟大的力量去重塑一个灵魂?在这个故事中,毋庸置疑,是那个笑容亲切的女教师。

面对这样一群情况特殊的学生,她自始至终都用自己独特的方式。她制定了很多制度,帮孩子们戒烟,要求他们用普通话……因为"违者被大家揪脸"这一条,她常常因一时疏忽而违规,又被开心地围上来"报复"的学生们揪得脸生疼的。提及这样的经历,她在现场笑得灿若春花,我猛然想到一句话:痛,并快乐着!

问及那位女学生印象最深、最为之动容的事,她动情地打开了日记本:"老师要我们天天记日记,而且她在每篇日记下都会有很长的批语。有时,甚至这些批语比我们的日记还长……"(笑)"其实那也不能算是批语吧,有时就像聊天一样,老师会用这种方式和我们交流……"那天,她一时懒散,就在当天的日记中敷衍了事,只记下了一句话:"今天无事可记,句号。"——"宝贝,要懂得持之以恒啊,难道一天的生活中真的没有值得回味和记录的吗?相信我,好吗?用你聪明的头脑,细心发掘,一定能有收获的……"回复是长长的一页,我没记住下文,却很深刻地烙刻了两个字——"宝贝"。

"宝贝……宝贝……宝贝……"我幽幽地呓语,真的很温暖,这就是一位老师对学生的称呼?

显然,主持人和观众们对这一称呼也是同样的新奇,那位学生解释道:平时老师总是这么亲切地叫他们:"宝贝,过来……""宝贝,别难过,别哭了……"

"宝贝……"她的嗓音有些哽咽,脆生生颤抖在演播厅上空,人们刹那间寂静无语,每个人仿佛都被这一声声的甜蜜带得很远。老师抑制不住落下了泪,却还是一如平常的灿若春花的脸。主持人无语,把几十秒的回味留给了每一个聆听者。倏然,掌声轰鸣……

一个甚至连自己都还没有"宝贝"的年轻女教师却这样称呼她的学生,同时也很真切地渗透在平时的举动中。每个目睹者、聆听者都会觉得很暖很暖。一瞬间,彼此都这么怜爱,这么惺惺相惜;每个人耳边低低掠过了一阵风,风里携带的是师生平日的细语,亲昵的相称,却那么摄人心魄。我从未如此真切地体味到"幸福见于平凡、细微之处"这句话的含义所在。

心里洋溢着温馨,不免想到很多。

演播厅里那个柔弱的身影,击碎了我一直以来对于"老师"的肤浅定位,她是对"师德"的升华,也是对它的抨击;是人性品格的最好体现,又是对某种丑陋的揭露、映衬;是感人肺腑的温暖,直锥人心的感动,又是毫不留情的阴影,让对立者开颜。

当一声声的赞誉里把老师比作红烛、粉笔、青松、磐石、路标……这一切比喻在一声真挚的"宝贝"面前却黯然无光;当无私、奉献、执著成为人们对教师公认的赞美时,这样的词汇在一个柔弱的身影所散发的拾掇不尽的真爱下,显得毫无表现,而只是卑微地蜗居一旁!或者我可以这么理解,普通的敬业爱岗、无私执著可以说是作为一种职业精神的付出,而真正伟大的,却是这样一份发自内心,却又沉甸甸的——爱的付出;前者是无怨,而后者却是其幸福所在。

"文字与感觉永远有隔阂。"正如我永远无力用苍白的文字去表现一份鲜活的爱;正如我们无法用语言,而是用温情的泪去表达我们曾有的震撼和感动;正如那个女教师把所有真心都释放在对学生的一举一动中。

其实在校园中也有着为数不少的老师采用刻板、严厉,甚至于暴力的方法鞭策学生,曾有人把此理解为一种特殊的爱,一种别样的流露方式。可是,"此爱"与"彼爱"一经对比,就相形见绌、无地自容。

也曾遇到过一位同样年轻、可爱的女教师,无论课堂还是课余,她都用亲切的声音,叫每个同学的名,仅仅是名,而省略了姓;她也一如既往地赋予关爱、平等、理解、沟通、交流。古人定义教师为"传道、授业、解惑",而今天看来,若是仅仅如此,是远远不够的,远不足以教"好"一个学生,因为它忽略了最重要的一点——记忆中有这样一段话,或许能很深刻地说明这一点:

"如果孩子生活在批评中,他便学会谴责;

"如果孩子生活在敌视中,他便好斗;
"如果孩子生活在恐惧中,他便会忧心忡忡;
"如果孩子生活在鼓励中,他便会自信;
"如果孩子生活在受欢迎的环境里,他便学会钟爱别人;
"如果孩子生活在友谊中,他便会觉得生活在一个美好的世界。"
那么,何不让我们生活在被爱感动的氛围里?有时,只消轻轻一声"宝贝",便足以感化一个世界!

老师是人们心中一个神圣可敬的词汇,而在这篇文章里,作者又赋予了一种爱的温情。一个好老师是可以拯救迷途的灵魂的,只需一声温情的呼唤,便足以改变一个人的内心世界。只有真实、真诚、真切地表达自己对生活的感悟,方能写出至情之文。

文章的艺术手法独特,使读者深受触动。

康乃馨的节日 / ···佚 名

还记得那一天,满街的康乃馨,随处都可闻到那一股淡淡的让人陶醉的香味,康乃馨的花语是感激,之所以让人陶醉,就是因为它是爱的代名词。

那天,是教师节,三年初中生活的最后一个教师节。

虽然是教师节,可因为我们第二年要中考,老师并没有休息,继续给我们补课。那一天,我们想了很多,希望能在最后一个教师节给老师一个惊喜。是的,我们买了康乃馨,买了那一束代表着我们这群孩子充满感激之心的康乃馨。我们把讲台抹得干干净净,用花瓶插上了那束康乃馨,在花瓶边上还放张纸条和一瓶护手霜。你一定奇怪了,为什么要买护手霜,因为我们的这位老师是女的,两年多来,她的手上落满了粉笔灰,把她的双手弄得干巴巴的。所以我们不仅想让她开心,还想让她美丽。老师就快来了,我们把门关得紧紧的,悄悄地念着要对老师说的话,心里激动得想哭。"吱……"门开了。"起立!"班长的声音。"老师,祝你教师节快乐!"那一天,这句话出奇的整齐,把老师愣住了,她的眼睛睁得很大,让我们清楚地看到了她眼睛里翻滚的泪花。她轻轻地拿起了康乃馨,用鼻子闻了一下,又拿起了那张纸条和那瓶护手霜,她终于忍不住笑了,因为那张纸条上写着四个字:"我们爱你。"她的眼泪又一次感染了我们,让我们也哭了,教室里一片"呜呜"声,最后,她又拿起康乃馨对我们说:"谢谢。"三年来,我们没有对她说过一声谢谢,可今天她却对我们说感谢。老师啊,这一节课,老师和我们都体会到了彼此的那份师生的爱。我们永远记得,那天的康乃馨格外的红,因为在它里面,闪动着老师的泪花。

我们会永远记住那飘香的节日,因为那天是康乃馨的节日,因为那天充满感动……

【简 评】

这是一篇写师生情的文章。文章构思巧妙。作者用"康乃馨"为线索串起全文,不仅使全文结构严谨,而且使整篇文章散发出淡雅的清香,含蓄地表达出教师以智慧和人格魅力散发出来的永久的清香。

文章的细节描写很成功。动作、神态逼真而传神。语言描写简洁而又生动地传达出情感。教室里师生动情地"哭"的场面描写,把情感的表达推向高潮。

多梦的花季

人物卷

明天就开始吧。当然,今天就开始最好不过。

自 信

　　有个小男孩儿头戴球帽,手拿球棒与棒球,全副武装地走到自家后院。"我是世上最伟大的打击手。"他自信地说完后,便将球往空中一扔,然后用力挥棒,但却没打中。他毫不气馁,继续将球拾起,又往空中一扔,然后大喊一声:"我是最厉害的打击手。"他再次挥棒,可惜仍是落空。他愣了半晌,然后仔仔细细地将球棒和棒球检查了一番。这后他又试了一次,这次他仍告诉自己:"我是最杰出的打击手。"然而他第三次的尝试还是挥棒落空。

　　"哇!"他突然跳了起来,"我真是一流的投手。"

　　一个小孩子聚精会神地在画图,老师问道:"这幅画真有意思,告诉我你在画什么。"

　　"我在画上帝。"

　　"但没人知道上帝长什么样子。"

　　"等我画完,他们就知道了。"

快乐阅读

常想一二 / ··· 陈文杰

想起霍金,眼前就浮现出这位科学大师那永远深邃的目光和宁静的笑容。世人推崇霍金,不仅仅因为他是智慧的英雄,更因为他还是一位人生的斗士。

有一次,在学术报告结束之际,一位年轻的女记者捷足跃上讲坛,面对这位已在轮椅上生活了三十余年的科学巨匠,深深景仰之余,又不无悲怜地问:"霍金先生,卢伽雷病已经将你永远固定在轮椅上,你不认为命运让你失去太多了吗?"

这个问题显然有点儿突兀和尖锐,报告厅内顿时鸦雀无声,一片静谧。

霍金的脸庞却依然充满恬静的微笑,他用还能活动的手指,艰难地叩击键盘。于是,随着合成器发出了标准伦敦音,宽大的投影屏上缓慢然而醒目地显示出如下文字:

我的手指还能活动,我的大脑还能思维,我有终身追求的理想,有我爱和爱我的亲人和朋友,对了,我还有一颗感恩的心。

心灵的震撼之后,掌声雷动。

由此,我不由得想起了"常想一二"这句人生箴言。

民国元老、著名书法家于右任饱经沧桑沉浮,却一生淡泊,荣辱自安。常有友人问及他高寿的养生之道,他总是指指客厅墙上高悬的那幅字画,笑而不言。

那是一幅写意的莲花图,旁边是一副对联:不思八九,常想一二。横批:如意。

常言道:人生不如意事常八九。倘若心为物欲所役,患得患失,就只会被悲观、绝望窒息心智,人生的路途注定是如负重登山,举步艰难了。

常想一二,就是用心感恩、庆幸、珍惜人生中那如意的十之一二,最终以那份豁达与坚韧去化解并超越苦难。

常想一二。因为境由心生——问题本身不是问题,如何对待它才是最大的问题。

常想一二。毕竟,决定生命品质、塑造人生境界的,不是八九,而是一二。

与你共品

霍金,一位人生的斗士;于右任,一生淡泊,荣辱自安,因而高寿。他们的人生启示我们:人生不如意事常八九,常想一二,会让我们豁达,生命因此而精彩。

个性独悟

★为什么说霍金"是一位人生的斗士"?你如何理解第五段霍金的这句话?

★你能说说民国元老、著名书法家于右任高寿的养生之道吗?

★结合文章内容,谈谈你对"常想一二"这句人生箴言的理解。

★作者写作本文的目的是什么?

快乐阅读

爱国少年   [意]亚米契斯

一艘法兰西的轮船从西班牙的巴塞罗那起航,开往意大利的热那亚。乘客中有法国人、意大利人、西班牙人和瑞士人。其中有一个十一二岁的少年。他衣衫褴褛,像一只远离人群的野兽,用阴沉沉的眼光望着人们。他所以这样对人们冷眼相看,不是没有原因的:两年前,在乡下种田的父母把他卖给一个卖艺的班子。班子里的人打他,踢他,饿他,强迫他学会把戏,带着他到法兰西和西班牙一带去卖艺,但他们却是打骂他,连饭都不给他吃饱。

到了巴塞罗那后,他的处境更可怜了。因为受不了虐待和饥饿,他终于从主人那儿逃走,到意大利领事馆去请求保护。领事很可怜他,把他安排到这艘轮船上,并叫他带一封信给热那亚的守卫官,请守卫官把他送回老家去。这孩子形容憔悴,穿得又很破烂,却坐在二等舱里,人们觉得奇怪,都盯着看他。别人问他话,也不回答,好像他憎恶所有的人。他对人们一律白眼相看,艰难和困苦已经把他的心灵毁坏到了这种地步。有三个旅客一再询问他,终于使他开了口。他用意大利、法兰西和西班牙三种混杂的语言把自己的身世讲给他们听。这三个人虽然不是意大利人,却也听懂了他的话。他们一半出于怜悯,一半由于酒后兴起,给了他一些钱,一边继续和他谈笑,想再探听些事情。这时又有几个女人走进来,她们听了他的话,都想显示一下大方,因此故意把钱很响地抛在桌子上,大声说:"给你!把这些也拿去!"

少年低声答谢着,把钱装进衣袋里,在他愁苦的脸上第一次出现了欢喜的笑容。他回到自己的床位里,拉上床幔,躺下来静静地盘算着今后的事情。他想,用这些钱可以在船上买些好吃的东西,一饱两年来的饥肠,而且到了热那亚以后,还可以买件上衣,换掉身上的破烂,剩下的钱还可以拿回去给父母,好使他们对自己和善些。这些钱对他来说,可算是一笔财产。

他在床上高兴地想着这些事情的时候,那三个人还在围桌闲谈。他们一边喝酒,一边谈论他们旅行的地方。后来谈到了意大利,一个抱怨意大利的旅馆不好,另一个说意大利火车很糟。后来,谈得愈来愈起劲,把意大利说得简直是一无是处了。一个说,与其到意大利还不如到北极的好,另一个断言意大利除了土匪一无所有,第三个说,意大利都是文盲。

……

"愚昧的国民!"一个说。

"龌龊的国民!"另一个说。

"强盗……"第三个正要说强盗,可是话还没有说完,钱币就像冰雹一样打在他们的头上和肩上,劈里啪啦地滚落在桌子上和地板上。那三个人气得暴跳如雷,抬头看时,又有一大把钱打在他们的脸上。

"拿回去!"少年从床幔后面探出头,轻蔑地说,"你们侮辱我的祖国,我不要你们的钱!"

与你共品

本文作者通过叙述和介绍,描写了一位意大利少年的悲惨遭遇,以及少年受迫害后完全扭曲的性格和心灵,给读者留下了想像的空间。最后,作者出其不意地揭示了文章的主题:个人的某些品质可以被毁坏,而国家不容人侮辱。

全文在对比中,揭示了少年的爱国行为。

个性独悟

★第二自然段中,少年开口说话,用的是意大利、法兰西和西班牙三种语言,是因为什么?这个少年从西班牙的巴塞罗那逃走后,做了一件事。这件事可以证明他是意大利人。这件事指什么?

★在第三自然段中,作者对少年得到这些钱后进行了细致的描写,试问都有哪些描写?表现了什么?第一自然段中,那个少年像一只野兽,眼光阴沉;第二自然段中,他憎恶所有人,一律白眼相看。从这些语言中可以看出什么?为什么?

★试分析那三个旅客给这个少年施舍的心理状态怎样?

★结合全文,分析少年的形象特点。

智斗 / ···杜 磊

聂耳生来性格开朗,幽默乐观,机智勇敢。

1929年,他在昆明参加共青团活动时,就以机智勇敢而闻名。

有一次,共青团员出去贴标语,别人都找僻静的街巷去贴,聂耳却专门往熙熙攘攘的人群里钻。他看见一个大个子警察在人群中耀武扬威地走来走去,就分开人群走上前去,在警察背上拍了一下,笑着说:"老总,辛苦了!"不一会儿,许多人都注视着大个子警察的背后,愚蠢的警察感到莫名其妙,往背后一摸,发现贴着一张标语,这才恍然大悟,知道是聂耳的"杰作"。可是聂耳早已无影无踪了。

聂耳智斗特务的故事,就更有趣了。

那是1934年春,3月15日是我国著名戏剧家田汉(1898~1968)的36岁生日。田汉的好友夏衍、阳翰笙等人秘密集会庆祝,聂耳也带着小提琴来了。不知何故,却引起了特务的注意。正当他们开怀畅谈之际,突然响起了一阵急促的敲门声,紧接着闯进两个陌生人。大家用眼神互相打了个招呼,各自意会。这时,只见聂耳操起小提琴,对着两个陌生人反复演奏下面的音调:

34-3-15-36

聂耳围着这两个陌生人绕圈子,边拉边唱,大家也随着唱起了这个莫名其妙的音调。两个陌生人以为这是一帮醉鬼,转身走了。

聂耳赶紧把门关上,冲着大家做了个鬼脸。这时,大家问道:"聂耳,你刚才演奏的是什么?"聂耳神秘地笑了笑,说:"这是鄙人的即兴创作。'34-3-15-36'就是'34年3月15日36岁'的意思。"

大家一听哈哈大笑,原来是聂耳与特务面对面地庆祝田汉的生日,真是令人开心!

 **与你共品**

　　文章通过"贴标语"和"智斗特务"两件事，突出表现了聂耳幽默乐观、机智勇敢的品质。作者用典型的事例，简洁朴实的语言，生动地描绘了聂耳幽默而不乏机智的性格特征，使文章中人物个性鲜明，中心突出。

 **个性独悟**

　　★本文围绕中心写了两件事，其中哪件写得较略？哪件写得较详？（分别用6个字概括写出。）
　　★简析第五段中加点的"突然"、"紧接着"、"闯进"这些词语在文中的作用。
　　★第八段中画线的句子有什么作用？

 **快乐阅读**

病/　…佚　名

　　寒风呼呼作响。
　　骑飞车的小伙子在拐弯处撞倒了一个人。
　　这老头怕有70岁了，穿着臃肿的身子木马似的动了几下才爬起来。
　　小伙子慌了。他自己也伤得不轻——老汉比他还先爬起来。他似乎被围上来的人群愣住了。

小伙子紧张地张张嘴,还未出声,突然一个彪形大汉冲上来,粗鲁地一把揪住小伙子的衣领吼道:"好哇——你撞了我老爸!他有心脏病、坐骨神经痛,这回去医院照片子治疗,你起码得给我5000块!"说完望了望老人。

老汉上前说话了:"孩子,让人家走算了。他像是有什么急事。小伙子,以后小心点就是了。你走吧。"

大汉长长叹了口气,那双死揪着衣领的蒲叶大手,好一阵才缓缓地松开。

小伙子眼眶湿润了,想说什么但终究只颤了颤厚厚的嘴唇,然后推着车子慢慢消失在人群的视野里。

老汉目送小伙子离去后,回过头对叹气不迭的大汉响亮地说:"年轻人啊,做人要有点良心,别为了几个钱就胡乱管人叫爹。告诉你,老头我今年七十有一,身子还挺硬朗,没病。有病的是你。"

观众忍不住哄笑起来。

与你共品

> 小说讲述了一个街头常见的小小的交通事故,充分展示被撞老汉高尚的道德修养。
>
> 小说所选题材虽是凡人小事,但读起来使人备觉新奇。一奇在被撞的老汉大度地原谅了骑飞车撞人的小伙子;二奇在大汉为了诈人钱财,竟不惜胡乱叫老汉为爹;三奇在老汉不但不感激"帮忙"的大汉,反而当众将他奚落了一番。
>
> 小说以"病"为题,一语双关,耐人寻味。短短500字的小说,对人物形象却进行不同角度的描写,不同人物的不同性格刻画得栩栩如生:小伙子的憨厚,老汉的磊落,大汉的无理,跃然纸上,活灵活现。
>
> 小说虽短,但情节起伏跌宕,错落有致。

★小说语言看似平易,实则有极强大的表现力,细致而深入地表现人物的内心世界。请结合本文举例分析。

★小说善于对不同人物进行不同方式的描写,不仅表现人物的鲜明个性,而且有助于表现主题。对小伙子,全篇没有一处语言描写,主要从神态上刻画。请结合具体例子分析。

★小说题目《病》十分巧妙,一语双关。从字面上,是指什么?言外之意是指什么?从这句话可见,"病"实质上是指什么?

秘密花园 / 佚 名

一个星期前,卡罗琳打电话过来,说山顶上有人种了水仙,执意要我去看看。此刻我正在途中,勉勉强强地赶着那两个小时的路程。

通往山顶的路不但刮着风,而且还被雾封锁着,我小心翼翼,慢慢地将车开到了卡罗琳的家里。

"我是一步也不肯走了!"我宣布,"我留在这儿吃饭,只等雾一散开,马上打道回府。"

"可是我需要你帮忙。将我捎到车库里,让我把车开出来好吗?"卡罗琳说,"至少这些我们做得到吧?"

"离这儿多远?"我谨慎地问。

"3分钟左右,"她回答我,"我来开车吧!我已经习惯了。"

10分钟以后还没有到,我焦急地望着她:"我想你刚才是说3分钟就可以到。"

她咧嘴笑了:"我们绕了点弯路。"

我们已经回到了山路上,顶着像厚厚面纱似的浓雾。值得这么做吗?我想。

到达一座小小的石筑的教堂后,我们穿过它旁边的一个小停车场,沿着一条小道继续行进。雾气散去了一些,透出灰白而带着湿气的阳光。

这是一条铺满了厚厚的老松针的小道,茂密的常青树罩在我们上空,右边是一片很陡的斜坡。渐渐地,这地方的平和宁静抚慰了我的情绪。突然,在转过一个弯后,我吃惊得喘不过气来。

就在我的眼前,就在这座山顶上,就在这一片沟壑和树林灌木间,有好几英亩的水仙花。各色各样的黄花怒放着,从象牙般的浅黄到柠檬般的深黄,漫山遍野地铺盖着,像一块美丽的地毯,一块燃烧着的地毯。

是不是太阳倾倒了?如小溪般将金子漏在山坡上?在这令人迷醉的黄色的正中间,是一片紫色的风信子,如瀑布倾泻其中。一条小径穿越花海,小径两旁是成排的珊瑚色的郁金香。仿佛这一切还不够美丽似的,倏忽有一两只蓝鸟掠过花丛,或在花丛间嬉戏,她们的红色的胸脯和宝蓝色的翅膀,就像闪动着的宝石。

一大堆的疑问涌上我的脑海:是谁创造了这么美丽的景色和这样一座完美的花园?为什么?为什么在这样的地方?在这个荒无人烟的地带?这座花园是怎样建成的?

走进花园的中心,有一栋小屋,我们看见了一行字:

我知道您要什么,这儿是给您的回答。

第一回答是:一位妇女——两只手,两只脚和一点点想法。第二个回答是:一点点时间。第三个回答:开始于 1958 年。

回家的途中,我沉默不语。我震撼于刚刚所见的一切,几乎无法说话。"她改变了世界。"最后,我说道,"她几乎在 40 年前就开始了,这些年里每天只做一点点。因为她每天一点点不停地努力,这个世界便永远地变美丽了,想像一下,如果我以前早有一个理想,早就开始努力,只需要在过去每年里每天做一点点,那我现在可以达到怎样的一个目标呢?"

女儿卡罗琳在我身旁看着,笑了:"明天就开始吧。当然,今天就开始最好不过。"

与你共品

　　人生需要理想的呼唤,有了它,人生就会由平庸走向辉煌。小说《秘密花园》表现的就是理想在呼唤人生从平庸中奋起的重要意义,表现人生走向崭新的更高的境界的觉醒过程。"我"的一次十分不情愿的参观活动,却有了意外的收获,这种收获不只是在山顶上发现了一处美丽的景色和一座完美的花园而"吃惊得喘不过气来",而是发现美的创造需要有美的理想以及为实现美而付出的一点一滴的努力,从而为自己找到了一个奋斗的目标。本文情节安排出人意料,并深刻地揭示了文章的思想内涵。

　　作者用对比和反衬来安排,精巧别致。对比之中,既有"我"前后情绪变化的对比,以写出美丽的景色对"我"的感染作用;又有"我"与种花的妇女的对比,揭示了"我"下定决心的原因。

　　小说中间一部分更注重用色彩来表现人物心情。小说中的色彩的运用,不仅刻画了景和物的具体特征,渲染意境,而且对刻画人物形象,描写人物内心世界,揭示人物内在思想感情的变化,起到深化主题的作用,在情绪上感染读者。我们阅读时要特别注意色彩描写在文中的具体作用。

个性独悟

　　★对比是表现人物最好的方法,本文可以作对比的内容有哪些?

　　★文章描写讲究静态和动态的结合,强调有声、有色、有味,请结合具体例子作分析。

　　★文中没有具体介绍"我"的身份,但通过阅读我们可以了解到其主人翁是一个什么人?

快乐阅读

心灵对白 / ··· 黄雪蕻

在这本叫《红岩魂》的书中，他们把你叫做烈士。其实你还是个孩子，不到8岁的孩子。你的父亲叫宋绮云，是杨虎城将军的秘书；你的母亲是徐林侠，中共郊县第一任妇女委员。他们都是共产党员，你不是，你还没来得及加入。从时间上推算，父亲和母亲37岁时生的你，38岁他们因为协助发动了那场著名的事变而被捕。那年你才8个月，母亲在一个黑暗而泥泞的车站，脱下一件袖口脱线的大衣裹住你，从此你就在那件有她体温的大衣中慢慢长大。

渣滓洞，原来是个产量不高的煤窑。这里乌云就像墨汁把天空洇染，左邻右舍都是手脚碰响镣铐的沉重声音。8年来，你只能透过铁窗去看蓝天白云，就像一个孩子生来便被戴上眼镜，而这根根冷硬的栅栏要比镜框沉重得多，也可怕得多。从照片上看，你的母亲很美丽，你的父亲很英俊。假若不是战争，他们将携着手在春天的果园中漫步，假若不是战争，孩子你或者已经大学毕业，成为诗人、企业家或政府官员。但是为了一份信仰和自由，为了一声"愿以我血献后土，换得神州永太平"的誓言，母亲抱着你，来到了那个漆黑而血腥的煤窑，剃光了头发、戴上镣铐、穿上囚服——呻吟、抗争与歌唱。

颤抖的小手被母亲牵着，高一脚低一脚地走在黑暗的甬道里。狱卒手持长枪跟在后面，那是每周一次的放风，不时有温暖而皱裂的手从两旁的栅栏中伸出，摸摸你的头和脸。那些叔叔阿姨亲热地叫你小萝卜头。并不是所有的孩子都是这样头大身小的。孩子，假若你有面包牛奶娃哈哈，我想你会和任何一个孩子一样发育得结实挺拔。

《红岩魂》丛书中这样介绍你，"因行动较自由，常机智地传递消息和东西"。小小年纪也要背负秘密使命，我想像你走向一个个面容苍白、衣衫褴褛的叔叔阿姨，扑向他们怀抱时，塞给他们一枚鲜红的五角星、一团有胜利消息的剪报。孩子，你永远不知道你给了叔叔阿姨们怎样的一份坚持与憧憬。你就是沉重而娇嫩的明天，就是即将到来的日子。和你天真纯洁的笑脸相比，黑夜在四野逼近的沉沉脚步声，算不了什么。敌人并不因为你的年龄而给你童年，一样经受呵斥暴打，一样要吃窝头咸菜。孩子，你不会撒娇，不会憨笑。假若唱歌，也不会唱"让我们荡起双桨"，而是唱硬硬的、烫烫的"起来，不愿做奴隶的人们"；假若躺在妈妈怀中，也会注意不要碰到妈妈的肩膀，那里刚被坏人钉了枚长竹钉；假若想上学，就由罗世文将军教你识些简单的字。

罗世文将军说：绿，绿树的绿；罗世文将军说：红，红旗的红。可亲爱的孩子，你永远看不到那反复默写的红旗了，你甚至不曾看过远方原野上那些郁郁葱葱的绿树。

1949年9月6日，你和爸爸妈妈，还有杨虎城将军的一家三口，在戴公祠内被特务用乱刀刺死。我不知道刺向你的那双手怎样残忍而虚弱，就像电影《南京大屠杀》，鬼子把冒烟的手榴弹放在中国孩子的怀里，并笑着比划："糖馍馍，好吃的糖馍馍。"小萝卜头，我恨我的手无法伸过重重岁月，折断那双杀人的手，把你拉向我的怀抱，温暖你、亲吻你，把你举到罪恶与血腥再也够不到的地方。

孩子，我是那样爱你，以至面对你小小的黑白照时热泪一遍遍涌满眼眶。我看着你的眼睛，黝黑清澈。在你窄窄肩膀上有一只手，我猜那是你母亲的手，无限温情地护卫着你。我无法想像在阴暗的戴公祠堂里，你那花朵般的身体流了多少玫瑰汁液般的鲜血。尽管书中他们把你叫做宋振中烈士，但我知道你仍然是个孩子，一个8岁的小萝卜头，风中烛火般无依无靠、惊恐飘摇。

孩子，你只有这么一张照片，黑白相纸中的你，睁着大大的黑眼睛，露着两颗玉米粒般的门牙，就像一只稚气未脱的小兔子。孩子，你要原谅你的爸爸妈妈，就因为太爱你和千千万万个你，他们才那么早便带你上路，寻找自由、平等、和平的理想之光。这是一条艰难之旅，铺满了血肉与尸骨，斗争在你们之前便已开始，在你们之后也不会结束。为此，尚未长大的孩子也被称作了烈士。

孩子，假若有一天我要结婚生子，我多么希望你就是我的儿子。我会让你顽皮地碰翻我的茶杯，尽情地尿湿婴儿床，我会给你买鲜艳的衣服与精致的食品，唱人世间最动听的歌谣。不让坏人欺负你，不让恶狗伤害你，甚至不让甜蜜的小猫挠一下你的脸。同时，我会领着你，在这片染有烈士鲜血的大地上散步。指着那棵华盖如云的大树说："看，那是绿树。"指着头顶那飘扬不息的旗帜说："看，那是红旗。"孩子，要有那天该多好，该多好啊。

孩子，现在我是安徽省军区一名20岁的女战士，记住多年之后你要如约前来，我将张开双臂将你揽入柔暖的肚腹。红色岩石永远刻下你的容颜和故事，孩子，我一遍遍抚摸着你粗糙的皮肤与苦难的人生，深深倾听并记住了一切;有时候啊,仇恨是为了更纯粹地爱与生活;战争是为了更彻底地消灭战争;死亡是为了孕育千娇百媚的春天;而一个个身躯的倒下,恰恰是为了一个民族的站起、一种信仰的耸立、一份心情的绝唱——"起来,不愿做奴隶的人们,把我们的血肉筑成我们新的长城……"

作者以"心灵对白"为题,采用对话的形式,追溯了《红岩魂》中8岁的"小萝卜头"短暂的一生。表达了作者对国民党反动派连一个孩子都不放过的极大愤慨。提醒人们不要忘记那些为了信仰和自由而牺牲的烈士们和那个苦难的岁月,珍视今天的幸福生活。

★《红岩魂》中称"小萝卜头"为烈士,而作者为什么要强调"其实你还是个孩子"?"他们都是共产党员,你不是,你还没来得及加入"?

★"为了一份信仰和自由"中的"信仰和自由"指什么说的?"呻吟、抗争与歌唱"又是指什么说的?"你永远也不知道你给了叔叔阿姨们怎样的一份坚持与憧憬",文中哪句话表现了小萝卜头给了叔叔阿姨们"坚持与憧憬"?

★"孩子,假若你有面包牛奶娃哈哈,我想你会和任何一个孩子一样发育得结实挺拔";"孩子,你不会撒娇,不会憨笑",这两段话表现了作者怎样的情感?本段中哪一句话控诉了敌人的残忍?

★第一段中说"母亲脱下一件袖口脱线的大衣裹住你,从此你就在那件有她体温的大衣中慢慢长大",第七段中说"在你窄窄的肩膀上有一只手,我猜那是你母亲的手,无限温情地护卫着你";而为什么又说"一个8岁的小萝卜头,风中烛火般无依无靠,惊恐飘摇"呢?

★"红色的岩石永远刻下了你的容颜和故事"的意义何在?红岩之魂是一种怎样的"魂"?先驱们牺牲的意义是什么?(用文中原作回答)

快乐阅读

我的同桌罗柳青 / ···王开岭

　　罗柳青本来什么也不叫,她无姓无名,村里人只唤她"妮"。可是不是个名字,因为村里人管每一个女娃子都叫"妮"。罗柳青是她10岁时才得的大名,是她被村里送去上学那天,校长临时专门替她取的。

　　罗柳青没有娘,只有爹。而且是干爹。听村里人说,干爹原来是个"货郎",即农村那种扛着挑子走街串巷、吆喝着卖点儿针头线脑什么的小贩。干爹不仅穷得丁当响,而且身体还有缺陷,是个"罗锅",更甭提娶媳妇了。有一年,"罗锅"在山沟沟里赶路,猛听到有孩子哭,循声去找,见是一女婴,才几个月大,便抱了回来,当自个闺女养着。像这种穷人家扔孩子的事在当地很平常,亦不用担心孩子大了人家再来要,哪怕扔孩子的人家就是你的邻居,也不会来认领。一是因为穷,特别是女娃,认了等出嫁时还要白搭上嫁妆,不值;二是因为穷人家还是讲良心的,你替他们收养了孩子,他们每逢年底总要给你上炷香,朝着你家的方向磕个头,一辈子都不会捅破这层窗户纸……这都是穷人祖辈传下的规矩,反不得的。

于是,"罗锅"再走村里,挑子上便少了头货箱,多了个会哭的女娃。街坊一听见女娃哭,便知"货郎"又来了。"罗锅"心肠善,人缘也好,村里人见了总忍不住送些汤粥衣物之类的周济父女俩。

谁知祸不单行,"妮"长到7岁那年,"罗锅"突然生了一场说不明白的病,碰巧村里来了医疗队,经诊断,确认是得了"麻风"。村里人这下怕了,据说这种病落下就没得治,还传染……于是村里干部一商量,决定让"罗锅"留下孩子,自个搬山上那间守林的破茅屋去住。"罗锅"很通情,立马就答应了,只是舍不得"妮",便跪下求村干部多看顾一下"妮",街坊也跟着抹泪。临走时,"罗锅"连磕了三个响头。额头磕出了血。

"妮"很孝顺,总是隔三差五偷偷跑上山看干爹。干爹开始还欢喜,后来看见"妮"便大发雷霆,实在不行就动手打她,打完后再将手狠劲儿往墙石上撞,"妮"心疼爹,只好哭着跑下山……后来,"妮"捡了一条小狗,叫"阿黄",等阿黄稍大些,"妮"便支使它去看干爹,顺便在阿黄脖子上拴些芋头煎饼什么的。阿黄很通人性,知道主人穷,便除了人的大粪别的什么也不乱吃,"妮"捎给干爹的东西总一样不少。干爹掰给它一块煎饼也不吃,它平时只呆呆地看着主人吃东西。

"妮"每天给大队的牛割草,村里给她算半个工分。

6岁那年,父母送我进公社中心校读书。开学那天,我看到"妮"也赤脚站在报名队伍的末了,脚底下跪着阿黄。据说是街坊们说服了村干部让她来的,街坊们说,咱得对得起"罗锅",这孩子命苦,10岁了还不认字咋行?管她头午上学过午割草成不?

轮到"妮"报名了,可"妮"连自个姓么都不知道,羞得她老用手中的柳条拍打阿黄,老实的阿黄求助似的眼巴巴瞅大伙。碰巧校长也在,他打量了"妮"一会儿,突然呵呵笑了:"就叫罗柳青吧!罗锅的罗,柳树的柳,麦青的青!"

于是,我就有了同学加同桌罗柳青。

在我的印象里,罗柳青是世界上最瘦最单薄的女生,像一棵永远也长不大的豆芽儿似的。脸色蜡黄,常露出惊恐不安的表情,走起路来摇摇晃晃……而且她只上一年级,直到我上三年级并离开那个公社时,她好像还上着一年级。不过那时她已很少上课了,只是偶尔背着篓筐来学校站一会儿,身后仍跟着脏兮兮的阿黄。

罗柳青上课时老瞌睡,头叩得桌面咚咚响。她背书的声音又细又尖,像是一只蚊子在肚子里叫。有次上体育课,她的一颗乳牙掉了,满嘴都是血,老师气愤地嚷:拿来!可她忘了吐在什么地儿了,于是全班学生一齐趴下找竟没找着。

教师气得肺都要炸了,狠狠地凶大伙:牙是从牙根掉下来的,牙根连着命根,要是给长虫(蛇)舔着了,人命就没了……

罗柳青吓得呜呜直哭,怎么哄也不顶事。我回家将此事告诉父母,母亲说你就送一本田字格给她吧。(其实,我早就送了,从上学第一天起就送了。我总共送了我的同桌5本田字格。)

不仅送了田字格。还送了一只黑袖纱给罗柳青。

那年隆冬,周总理逝世。整个村子都在哭,公社的大喇叭整日里放哀乐。我虽不很清楚其中含义,但也知道中国发生了天大的不幸,这不幸连着每一个人。大人们悲痛,我也跟着悲痛。夜晚,医院职工都围在汽灯下扎纸圈,缝黑纱,做白花,母亲也给我缝了个小的黑纱,我央求她再缝一个,我猜罗柳青肯定没黑布,要是明天全班都戴了黑纱,惟独她没戴,她该多伤心啊……谁知第二天,除了老师,全班就我一个人戴了黑纱,戴的人很快就多了起来,但罗柳青比他们都早,她是第二。

"罗锅"死那年,阿黄也死了。它是被公社武装部用步枪打死的。那年春天,村里出现了"疯狗",怕传染,家家户户都把自己的狗拴桩上,不让出院。那天,碰巧阿黄来学校找罗柳青,半路与"打狗队"撞个正着,阿黄老实,既不躲,也不咬,闷着头迎上去……罗柳青抱着浑身血窟窿的阿黄哭晕了过去。街坊大嫂们气不过,邀集起来到武装部去"骂街",骂"哪个丧良心的瞎了眼,连狗都不如……"。

父亲也喜爱那条狗。"罗锅"的病村里都怕,可父亲不怕,他是大夫。他经常背了药箱了去给"罗锅"打针,有时赶上夜里才回来,一路"护送"父亲的,便是阿黄(据父亲说,开头还吓了一跳,以为是狼哩……)。

若动物也分贵贱的话,我想,阿黄是最像"穷人"的狗了。莫非它来到这世上,就是为了陪主人过一种天下最苦的日子?它几乎每天都饥肠辘辘,耷拉着头,像犯了什么错似的;我从未见它狂吠的样子,更少见它嚼东西,嘴巴老紧闭着,被捆住了一样,不像别的狗整天东张西望、呵呵吐着舌头叼着骨头。

可怜的阿黄,天下最抗饿和最吃苦的狗。

 **与你共品**

本文选自《黑夜中的锐角》，作者王开岭。

本文感情真挚、选材新颖。作者写同桌又不是单单写同桌，而是把同桌的生活环境以及当时社会环境结合起来，读来情词恳切，仿佛置身于当时的场景和氛围之中。

文章既写了罗柳青的贫弱，又写了"罗锅"的善良，也写了老师的愚昧，更写了"阿黄"的可怜，一个个鲜活的形象刻画得惟妙惟肖。

 **个性独悟**

★读完此文，请用生动的语言描述一下你的内心感受。

★文中写"我"不止一次送东西给罗柳青。你们班级是否也有经济贫困的学生？你和你的同学是否帮助过他(她)？

★文中作者对同桌作了极为详尽的描述，你的同桌是一个怎样的人？请用简洁的语言概括一下。

★文中在写罗柳青的同时，也写了几个好父母形象，如"罗锅"和"我"的父母。你的父母是怎样的人？请用具体语言加以描述。

快乐阅读

聪明阿斗 / 寇延丁

阿斗其实是一个绝顶聪明的人,从小就是。

阿斗曾经以为人只有强大有力了才能生存,特别是当他被揣在赵云怀里从长坂坡杀出重围的时候,他几乎已经下了决心要做赵云的徒弟,将来也杀它一个天昏地暗,但是又一转念:如果那样,还会有人冒死来救我吗?答案是当然不会的,于是他不再激动,安静下来,并很快在赵云的怀里睡着了。

他醒来的时候发现自己被父亲高高地举了起来,并听他说:"为了你这么一个孩子,差点儿牺牲我一员大将!"然后父亲就把他扔在地下了,但他明白,父亲一定不是想把他摔死,因为他一点儿也没有向下用劲,他几乎是从父亲手里飘下来的。

以后的故事大家都知道了,赵云抢前一步把阿斗抱到怀里,激动得痛哭流涕,发誓要把自己的身家性命交给刘备,甘愿为他去死。阿斗一下子明白了,真正强大的人是聪明的人,聪明的人可以驾驭那些看上去强大的人而变得更强大,所以阿斗决定自己还是做一个聪明人。

阿斗从小就是个聪明人,长大了自然更聪明,但他明白物极必反的道理,他宁愿别人把自己当成傻子,所以从来不把自己的聪明放到明处。

阿斗做了皇帝以后从来不叫诸葛亮丞相,总是认认真真地称他相父,他只管饱食终日,国家大事从来也不自己做主,只是用一种可怜巴巴的眼神看着诸葛亮,有时还会有一两滴眼泪。当然他也知道好多人在说自己白痴,阿斗能不明白白痴的意思吗?但他依然不为所动:什么叫白痴、什么叫聪明人你们懂吗?曹冲够聪明了吧,只可惜太聪明了,聪明得遭了天妒,早早丢了自己的性命;曹植也不可谓不聪明,可聪明又能怎样?诸葛亮聪明,他要是不聪明就不会把自己累得吐血!什么叫真正的聪明?只有笑到最后才能笑得最好,活着才是硬道理。

阿斗这一辈子最大的心事就是自己的儿子,看上去聪明得不行,跟那个死脑筋的诸葛亮一样,其实不知道自己有多笨。邓艾兵临城下,阿斗让人拉来一大批棺材,其实根本就没打算用,只是在出城投降的时候做做样子罢了,阿斗心里明白,这些棺材一个也用不上。谁知道还未等他出门呢,那边就有人来报,说太子(也就是他那糊涂儿子)一家自杀殉国,五口棺材立即派上了用场,阿斗一听差点儿活活气死:你不想活是你自己的事,干吗带着我那三个不懂事的孙子一块死,我不是要绝后了吗?

阿斗的这个想法是多虑了,他没有绝后。因为邓艾和司马昭都没有杀他,不仅没杀他,还封他做安乐公,上百名的仆从婢女,美屋豪宅,娶妻生子,过得比在蜀国的时候只好不差,自然乐不思蜀。只可恼那个郤正不让他清静,非让他去跟司马昭说什么祖先的坟墓都在蜀国,我整天都很思念。却正让他边哭边说,这种时候阿斗怎么能哭得出来,只好闭上眼睛干咧嘴,幸好司马昭一句话为他解了围:"你说的这些话怎么跟郤正说得一模一样?"阿斗这才松了口气,将计就计扑哧一笑:"你是怎么知道的?"司马昭那么聪明的人都被阿斗骗过了,哈哈大笑,还以为他是真傻呢。

后来阿斗夜夜笙歌,得享天年,亲眼看着聪明透顶的司马氏江山四分五裂,司马氏子孙一个个不得好死。此后一个个王朝的兴兴衰衰尽被阿斗的后人看在眼中,他们都得了祖先真传,韬光养晦,明哲保身,子子孙孙,无穷尽焉。

与你共品

阿斗是我们熟悉的一位历史人物,而且是以昏庸无能而闻名。但本文反弹琵琶虽然依照历史真实体来叙述,却得出了完全相反的结论:阿斗是一位绝顶聪明的人。

读罢此文后,你认为作者在真的说阿斗是聪明人吗?

个性独悟

★当你看到这句话时内心有何感受？"阿斗其实是一个绝顶聪明的人"作者为什么要这样开篇？

★赵云当年救阿斗时，阿斗不过几岁，会有如此深刻的思想吗？这是一种近似荒诞的手法，作者为什么要这么做？

★请写出曹冲、曹操、诸葛亮三人各一件事，用一句话概括。

快乐阅读

最后一个飞黄人 / ··· 志 钢

自打柯受良、朱朝辉从壶口"飞黄"后，这两年，壶口可是越来越热闹啦。这不，一年一度的"飞黄节"又到了，虽说大前天去有几万人参加的神农架寻找野人大奖游崴了脚，这热闹咱可不能落下。我一瘸一拐赶到壶口边一看，好家伙，人山人海。光我在的东岸吉县这边就有十来万人，对岸宜川那边也得有三五万人，两岸人声鼎沸彩旗飞舞锣鼓喧天，广告大气球满天乱晃，对接引桥高悬，真的是热闹非凡。等有关领导发言，介绍了飞黄节对振兴中华、发展四化、弘扬传统等等重大政治意义，并宣布飞黄节开始后，高音喇叭里传出了男播音员激动的声音："各位领导，各位来宾和观众同志们，50位摩托车好手经过一年的苦练，现在马上就要开始飞黄了……"正说着，人群中突然冲出一位姑娘拉住一个摩托驾驶员哭叫道："求你别飞黄了……"人群顿时一阵骚动。那驾驶员小伙子毅然推开心爱的姑娘，头也不回地跟车队走了。一时间，全场充满了一种慷慨赴义的悲壮气氛。大家屏住呼吸，崇敬地看着加宽的引桥尽头那50位面色铁青、神态严峻的汉子。他们戴上头盔、发动车辆后，只听"砰"地一声枪响，50辆摩托车沿引桥一冲而下，几乎同时跃起，飞过了黄河壶口。两岸顿时爆发出一片震天动地的锣鼓声和鼓掌欢呼声，一位女播音员激动地说："勇士们没有辜负祖国人民和父老乡亲们的嘱托，他们成功了！"记者、家人、工作人员和献花小姐一拥而上，团团围住了50位好汉。此时两岸引桥继续加宽靠近，不一会儿，男播音员宣布："现在，100辆吉普车已经发动，准备飞黄！"又一声枪响，百辆吉普车同时冲下引桥大坡，前前后后地飞过壶口，落到对岸，两岸又是一阵欢呼。这时，高音喇叭里传出了女播音员清脆的声音："现在进行非机动车飞黄，500位自行车运动员已推车站在引桥起跑线上，他们中年龄最大的已80岁，最小的仅5岁。看，他们正在宣誓！"只见自行车手们含着热泪紧握右拳，跟着队长宣誓："我们是黄河的子孙，我们要赶在外国人之前驾非机动车飞过母亲河，不达目的，誓不罢休！"宣誓完毕，一声枪响，500辆不同大小、牌号、速度的自行车纷纷冲下再次加宽拉近了的两岸引桥，飞落到对岸，再次激起一片热烈掌声。我不由暗暗佩服飞黄组委会对两岸引桥的新型设计。下一个节目更精彩，是800人骑马越过黄河壶口。

正热闹时，男播音员喜气洋洋地说："诸位，组委会宣布一个更惊人的决定：现在徒步飞黄开始！首先获得这个荣誉的是1000对新婚夫妇，他们以此举行本世纪最后一次最有特色的婚礼，并以此向飞黄节献礼！"在大家"一、二，跳！"的齐声吆喝和新娘们的嗲声尖叫声中，千对新人一起双双翩然而过，个别没站稳的、相拥着顺引桥滚了下去，引起一阵喝彩哄笑。这时，我忽然听到男播音员发问："喂，那位先生怎么还不过来？"连问了几遍，我环顾四周找他询问的对象，发现东岸垃圾遍地，除我一个人孤零零地坐在一块石头上外，已经空无一人，这才明白他指的是我。正琢磨该怎么回答，一抬头不知何时几十个镜头炮筒、话筒已把我团团围住，顶得我都直不起身来。我只好挣扎着说："我脚崴了，疼得跳不动，再说我也不想飞黄。"当记者们把话传到对岸时，立即引起了普遍愤慨，人们纷纷向我隔河喊话，有的鼓励，有的劝说，有的谴责，嚷成一团，播音员也传达飞黄组委会的意见：只要我飞黄，发一万元安慰费。在威胁利诱下，我终于动摇了，被记者簇拥着，被不知从何而来的几条大汉七手八脚地架起来一瘸一拐走到引桥边，看看两边只相距半尺了。在十几万人"一、二，跳！"的齐声呐喊下，我咬咬牙，一闭眼蹦了过去。当那只受伤的脚磕到对岸的引桥时，一阵钻心的疼痛使我两眼一黑就什么也不知道了。

第二天我醒来后，发现自己躺在宜川县医院的病床上，那只受伤的脚已被裹了很厚的石膏纱布，高高地吊了起来。我沮丧地想：完了，没法参加下个月有50万人报名的长江漂流探索神秘部落冒险游了。护士小姐送给我一张本地的当天报纸告诉我说:"先生,您可大出风头了!"接过报纸一看,头条通栏标题是"10万人全部跳过壶口,今年飞黄节圆满结束"。中间大字新闻是"全国掀起飞跃高潮,每天有10多万人从各条江河沟渠上飞过去蹦过来"。下面一篇报道的标题是:"今年万元重奖下的最后一个飞黄人。"那压题照片上痛得直冲读者龇牙咧嘴的不是别人,正是我自己。

与你共品

你一定有点儿忍俊不禁了吧!笑过之余想想,"飞黄"类的事,我们干得还少吗?不知是不是历史的车轮倒转了呢?又回到了"人有多大胆,地有多高产"的时代啦?我们的历史曾经度过了一段荒诞的岁月,那种叫全国人都沉醉其中的荒诞事,谁敢确信再也不会发生了呢?

个性独悟

★女播音员的第一次讲话,对全篇产生了怎样的效果呢?

★这几组镜头与我的飞黄有何关系?

★前文交代几万人到神农架去找野人,后文说50万人预作漂流,你认为这是时来之笔?还是另有喻义?为什么?

★笑中带刺,喜中含忧,你能总结一下本文的创作特点吗?

窗外吹箫的男孩 / 宋 歌

初到师专的那年,我刚过18岁。正是多梦的花季。

开学不久,班上新来了一个男生。老师安排他和我坐同桌。男孩不爱说话,总是很忧郁的样子。苍白的脸、忧郁的目光透露着不是花季的消息。

男孩住在我们家隔壁,他和母亲两个人,是新搬来的住户。每天月上梢头,他总会坐在窗外,把一支长箫幽幽地吹起。低泣哀婉的箫音便飘散了整个院落。

我从来没有见过男孩的父亲,也没有听他和他母亲提起过。

男孩喜欢读书,课间总是抱着书看。有时看得高兴了,就给我讲书里的故事。我也喜欢读书,我们便有了共同的话题。男孩的数学学得非常好,是我们班的数学课代表。而我的数学不敢恭维,总是百般辛劳才刚刚过线,母亲便请他给我补习。时间没过多久,我们便熟识得无话不谈。

也许友谊能医治心灵的郁闷和孤寂,那段日子他快乐了很多,话也多了,那夜晚的箫声便清扬直上,把那颗有些欢乐的心带入天际,融入漫天的繁星之中。在那段日子里,每当月亮爬上天际,我总会坐在小院听他吹箫,和他聊那似梦如烟的往事。有一次,我无意中说起自己的父亲,讲我童年的小摇车和父亲替我制作的那只一走一叫一弯腰的小鸭子,说小时候父亲如何把我扛在肩头、举过头顶逗闹……不知为什么他突然哭了,然后又吹响了那支长箫。其声呜呜,如怨如诉,凄切哀伤,似小兽受伤后的凄厉哀号。

我不知自己怎么就惹他伤了心,后来听母亲说才知道,他的父亲两年前去世了,死于一场车祸。他的父亲是一位教师,当时事业正如日中天,他父母感情特别好,两个人悉心呵护着他们温暖的小家。他父亲的突然离去让他和他母亲猝不及防。他们无法接受这个现实。在那所满载他们幸福和欢乐的小屋,叠印着他父亲的身影。为了防止他多病抑郁的母亲过度伤心,他和他母亲搬到了我们这个小院。

又一个晚上,他举起了他的那一支长箫幽幽地吹奏。哀婉的音乐穿过院墙传得很远很远……天上的星星似乎也被他凄凉、哀怨、悠长的箫声惹哭了,沉沉地落下。"听人说天上落下一颗星,地上的一个人就会被带走。三年前的今天,我父亲就是这样被带走的。"在银色的月光下,他幽幽地说,"在我父亲生前,我有一个多么幸福的家呀!那时父亲总会把母亲做好的饭菜端上桌,然后一家人共进晚餐。周末,母亲总会早早地回家,沏杯热茶等着父亲……父亲去世后一切都改变了,母亲为此病了好长一段时间,整个家好像随着父亲的去世沉寂了。这支箫,是父亲临死前交给我的,那是他生前最心爱的物件。父亲对我说:'儿子,爸爸也没有什么留给你,这支箫是我最喜欢的,就送给你留念吧。以后看见了它就好像看见爸爸一样……'今天的箫是为我父亲吹的,不知他在遥远的天国是否听得见。"箫声又响起了,那时而幽婉、时而激昂的箫声仿佛穿过时空,带着对父亲深深的思念传向远方。

时间在箫声中走远,转眼要期中考试了。近几日同桌似乎兴奋得很,有一次他红着脸悄悄对我说他喜欢前排的一个女生。那是一个秋末的清晨,窗外刮着风。我和他坐在教室里,他的话吓了我一跳。"她知道吗?""我、我还没有告诉她。"后来据说那女孩拒绝了他,他便又陷入了沉默,又把自己包裹了起来,有时还抽起了烟。我想走近他,用友谊驱散他心中的郁闷,可他总远远地躲开。我没有办法,只能远远地望着他,任由他哀怨凄楚的箫音在院中环绕、徘徊。那一夜,他的箫响了大半夜,窗外的风呼呼地鸣叫,泛黄的树叶落满了整个院落。

第二天清晨,我们被他母亲的哭声惊醒。慌乱的父母和他的母亲一起把他送进了医院。就在那天夜里,他吞下了一整瓶的安眠药片。我心里酸酸的,旧时的同窗好友怎么会这样了呢?他怎么可以这么傻,怎么可以把自己花季的生命抛弃!爱情,他懂吗?就要交付自己的生命,难道他忘记了他多病伤感的母亲!忘记了生命的内容还有很多、很多……

幸运的是经过医生的抢救他脱离了危险。不久,他和他的母亲就又搬走了。从此之后,我再也没有见过他。偶尔想起他,总是会想:"现在,他还会那么轻易地结束自己的生命吗?"

读懂这个男孩并不难,丧父之痛使他封闭,使他孤独,使他的箫

音凄婉、幽怨，丧父之痛使他渴望，渴望着温暖，渴望被人爱。正是在这种背景下，他才做出了这样的举动。庆幸的是并没有酿成更大的悲剧。但愿这位吹箫的男孩能从自己的阴影中走出来。

★第二段画线句，你读出了什么？男孩的孤寂从下文可找到怎样的答案？男孩的箫音为何从哀婉变得清扬直上？从中你读出了什么？

★母子二人摆脱阴影的方式是什么？他们真的摆脱掉了吗？母子二人第二次又搬家，你认为到底是什么促使他们又搬家，你想对这母子说些什么？

★窗外这个吹箫的男孩，倒是令我们同情，但更多的是……能写出你的真切感受来吗？

兴趣 / ···佚名

静，无语。

辽远的清辉从远处泻下，像一层薄纱，悄掩月色中的大地。

我，又一次坐在了窗前，夹带着一丝幸福感用手轻轻地抚摸着，抚摸着那一架盼望已久的古筝。拨动起那一根根如银丝般的琴弦，似高山流水，又如雨珠缠绵，更像母亲的轻声吟唱。这是我的兴趣——弹古筝。

推窗，远处景物已失去了明辨可析的线条，与那漆黑融为一幅写意水墨画。

曾见过别人挥手弹奏那一曲曲激情飞扬亦或婉约细腻的曲子,心里受到了极大的震撼,我开始幻想:何时那坐在古筝前拨弦弄调的人会是我呢?也许这仅仅是幻想,因为母亲早已下岗在家,父亲也在那艰辛甚至有些残酷的工作岗位上挣扎。

　　我只是幻想罢了,心情却如那月光,洒了一地散碎的银子,叫人无从收拾。

　　"妈妈,你看那人弹古筝弹得可真棒!"我终于忍不住开了口,"我要是也能那样该多好!"一串惊叹声却换来了母亲的一声叹息,我转过身去,母亲的眼神闪烁着什么,却又竭力逃避着我眼神的捕捉,我的心为之一颤。

　　也许我只是幻想罢了,然而淡淡的月光却擦亮了这一地淡淡的愁思。

　　我想把梦继续下去,可梦在那一刻凝固了。

　　"我送你去学古筝怎样?"妈妈轻声说着,我不禁仔细地凝视起母亲来,这难道是童话中的仙女吗?我竟无语,也许还只是梦吧!

　　似一个精灵,梦中的古筝竟不期而至,我的整颗心似要飞翔。"喜欢吗?"母亲微笑着,我使劲地点头,眼泪的大坝顷刻决堤。我在泪光中分明见到岁月的刻痕已毫不留情地镂刻在母亲的额头,也许是几夜彻夜未眠,多少次暗洒泪水,那湿润的枕头见证了这一切。我知道也许母亲为了女儿的心愿已倾其所有,而这一切仅是为了我的兴趣而已。

　　让我再一次调弄起这古色古香的古筝,愿母亲在面前聆听,奏一曲女儿的肺腑之曲!

　　这就是我惟一的兴趣——弹古筝。

　　读罢此文,简直给人以一种荡气回肠的感觉,既紧扣主题,又情真意切。文章开头以简短的词句作为一段,不仅给人以出手不凡的感觉,同时又给全文笼上了一层瑟瑟的气氛。紧接着作者扣住"兴趣",引起回忆,极写对兴趣的渴求程度,可见兴趣的浓烈,然而,现实不得不让他对自己所渴求的古筝望而却步,读到这里,行文突然一转,中间用一个过渡句将前后两部分自然地衔接起来,由此足以让我们感到这位作者的作文功力,接着写他妈妈仅仅因为我的这个兴趣而拿出家里的"所有",使文章的主题在这里得到了深化,感情也得到了升华,所以说,这既是一篇难得的极写兴趣的美文,又是一曲歌颂亲情的壮歌。

似水年华 / ···俞冬磊

> 我们知道,我们一直在反复吟唱而挥之不去的便是青春的一种基本的冲动——迷惘。
>
> ——似水年华

当我撕下贴在杯子上的座右铭"不要让自己有遗憾"时,阿延站在我身后。"我们可以一起去泰山了,只是生姜不能一起去了。"我回头看他,他笑了,眼前却落下了一滴泪。

"哭什么?"

"不知道……"

我、阿延和生姜从穿开裆裤时就是好友,一起上幼儿园、小学、初中。我们仨都爱唱歌,并把我拉的组合称为"ZUI"。我们常在回家的路上大声唱歌,吟唱着各自心中的梦想与忧伤。中考前几个月,我们约好了考上好学校后去泰山,在山顶上唱歌。我不知多少次眼前浮现出这样的镜头:泰山山顶上,我们三个人围坐在火堆旁一边唱歌,一边等着日出。

"生姜去美国了。"当阿延告诉我生姜不能来的原因时,正是在日照峰上。"她让我们在山顶唱歌时放开嗓子唱,把她那份补上。她说,人生很多事自己无法左右,歌中唱的和生活不是一码子事。就像我们的'ZUI'一样,年轻的心愿和憧憬仿佛只是说说罢了。事实不能因自己的意愿而改变。"我心中涌起了一份感动和失落,陷入了一种奇怪的情感。

"从我们相识到现在,已经……已经整整几个年头了。"我只是很平静地说,"没了?生姜走时只有这些话?""嗯……"

"唱吧!"

"唱什么?"

"'ZUI'的保留曲目《我是一只小小鸟》。"

于是,我俩站在悬崖边上,面对着苍茫的云海,面对着巍峨的群山唱了起来。"世界是如此的小,我们注定无处可逃……当我飞上了青天却发现自己从此无依无靠……"

　　唱完了,我看了看阿延。"完了?就这样?"他没有回答,坐下拿出一张照片给我,那是在校最后一个晚自习下课照的。我、阿延和生姜紧紧地拥在一起,笑得很开心、很甜。我凝视了许久,觉得似乎这便是我们三个所有的回忆。慢慢地把它夹入同学录中生姜的那一页。她给我的留言很别致:一座山,山顶上画了三个手拉手的小人儿,旁边写着"ZUI"。

　　"传说从这儿跳下去可以实现自己的心愿,代价就是生命。如果让你从这跳下去以换回你最喜欢的女生一生的幸福,你会吗?"阿延突然问我。"你是指生姜吗?我……不会。其实,我们都知道自己承担不了爱,但我们却又去爱,我们自认为很了解爱,但实际上,我们又了解什么呢?只是因为,似水年华吧……"

　　"人道'少年不识愁滋味',但少年的情怀,也只有少年能明白。"阿延看着云海,似乎在回答我,又似乎不是。前两天,我收到了阿延从城市那头寄来的信时,正在看同学录。信中夹了一张卡片,上面写着:不要忘记,我们永远的"ZUI";不要忘记,似水年华。不知怎样形容那时的心情,只觉得平静与惆怅。

　　现在当我翻开同学录时,便不觉中沉浸在过去的记忆。也会很自然的抬头看看窗外的天空。我总觉得,在地球的那一边,有人也总是常常这样看着天空。

　　朋友,最近过得好吗?

　　珍重……

　　记忆的花瓣落在心湖里,不住打着圈儿,层层涟漪荡出青春的追忆。只有热爱生活、充满积极向上的人生追求,才能敏锐发现并充分展示出平凡生活中的亮点,文章才能奔涌出滚烫灼人的情感力量。本文作者抒写了初中生活中有点曲折的故事,这类故事每天都在我们身边上演,作者的语言细腻老到,看得出是有比较厚实的阅读积累的。愿拥有青春年华的学生抚平伤痛,滋润欢乐。

邂逅匆匆 ··· 周 智

相见匆匆,别亦匆匆;聚也匆匆,散也匆匆,留下的只是一片流连,一份记忆。

你来自锡都,大自然的恩赐使你那么高傲,记得你给我的见面礼是一个使我干瞪眼的手势。我问,你不答,还是邻座那个爱笑的女孩破译出你的密码——那是说:"你是个只会望天花板的木头外加小老头!"我望了望天花板,除了转动着的风扇外什么也没瞧见,忽地听到你捂嘴漏出的笑声时,才发现自己真的做了一次木头,不过从此我的记忆中便多了一个穿绿色蝙蝠衫的女孩:因为你是第一个叫我"木头"的女孩。

我们到了目的地——庐山,然而天公不作美。第一天下个不停的小雨加上山上特有的浓雾,使我们不得不手拉手小心翼翼地在滑溜溜的山道上前进。路过黑龙潭,看见许多人往一条小路上跑,我们也去赶趟儿。转过一道山,又拐过一道弯,眼前挂着只有这样的雨天才有的小瀑布,瀑布下的潭水不深,于是脱下鞋去感受大自然的温柔。丢掉雨伞,雨点打在身上也变成了瀑布,我们拉着手往潭深处走,直到辨不清眼前弥漫的水雾是瀑布呢还是浮云抑或是山中的雾气。你是那么的兴奋,像小孩子第一次见到新奇的玩具一样跳了起来,却忘了脚下是滑溜溜的砾石,于是欢呼突而变成惊叫,我们一齐滑倒在水中——你不小心却拉着我倒霉,因为我忘了我们还拉着手。几乎同时从水中站起,相视莞尔,又争辩起谁对谁错来:你说我不该没拉住你,我说你自己活该,结果你赢了,我只有苦笑摇头,还得向你赔个不是,心想你实在不该是你,要不我决不会吃这个哑巴亏了——你是第一个叫我"装"哑巴、吃黄连的女孩。不过有时我倒在想什么时候才能再尝尝这么一份烹调"精美"的佳肴。

夏令营的最后一站是武汉。黄鹤楼前才留下我们的笑声,继而又在东潮如镜的湖面上回荡。你坐在船头,猛地一甩满头长发,回头和我打赌,你说我不敢站在摇篮般的小船船头上唱歌。男子汉不能输,于是我壮起胆子站在船头吼了一首"我们是害虫",回头得意地宣告胜利时却发现你在吃吃地笑。我也笑了,你望着我,我望着你,一直笑到再也笑不下去,弯下腰来揩汗时接过你递来的手帕,好香。这时我提出罚你唱歌,你答应得那么干脆,又给了我一个意外。船头压浪的哗哗声有节奏地响着,恰好合上节拍——我想:原来湖水也和你"串通一气"——你唱的是《爱的奉献》,我知道,那是送给脚下泛蓝的湖水的礼物。当然,我也心安理得地取走自己的那一份,珍藏至今。船到湖心阁,我报复似的拉着你到哈哈镜前,对着镜子里长得像长竿、扁得像张纸的你咧咧嘴扮个鬼脸,突然发现镜中的我居然找不到脑袋——你说这叫"周瑜妙计定天下,赔了夫人又折兵"。说来说去到底还是你是胜利者。我不知为什么在你面前成了"常败将军",你还是第一个使我"战无不败"的女孩。有时我却在想,打败仗的将军才是真正的将军,此所谓"屡战屡败,屡败屡战,战无不败,败者又战"也。哈哈!

踏上归途,还来得及留下匆匆的几行字,道一声"珍重"。我抬头望你,你也在望着我,彼此一笑,却什么也说不出来,只是就这样默默地感受对方的目光,直到下车时,才握手道一声"再见"。列车载着你走了,我还呆呆地站在站台上,目视它远去的方向,心中怅然。猛地想起在给你的赠言中忘了写下地址,翻了你留下的娟秀的字迹,才知道你也犯了同样的错误。唉,你实在太粗心,不过我也是半斤八两,这是我们最后一次的默契。从此,我的视野中再也没有见到你的身影,每次试图寻觅,得到的却只是失望与惆怅。

我们从地平线的一端走来,短短的 7 天中我们擦肩而过,又各自向前走去。茫茫人海,萍水相逢,却再也无法将那个穿绿色蝙蝠衫的你忘却;珍藏这份美好的回忆直到永远,希冀着奇迹的出现,也许明天我们将重逢。

作者通过回忆,真实地再现了少男少女的纯真交往,通过对大自然的美景和沿途中的交往情境的描写,突出了心中无比兴奋和喜悦的美妙感受。文中成功地塑造了两个可爱的青年学生形象。字里行间透出作者对纯真的友谊无比珍惜。

不朽的生命

人物卷

在生活的激流中应该勇敢地接受考验,不怨天,不怨人。

生命之爱

一条有黑缎般光亮皮毛的雄性狗,离开刚下狗娃的花狗准备到街对面不远处的一家肉食店去拾一些骨头。大概是被爱情及爱情的结晶冲昏了头脑,它从北向南穿过十字路口时,被一辆车撞了个正着。车子刚刚离开,狗就在车子喷出的烟雾中翻身跳起来,撒腿向肉食店跑去。在它被撞倒的路中间,有摊红色的血慢慢向四周流动和凝固,像一个心的形状。

黑狗迅速跑到小铺子,用嘴衔起一根粗大的带肉的骨头,转身又飞一样奔回它的花狗和小狗娃身边。并将衔来的食物喂给了它们。然后它就含着泪光无力地倒在花狗的身旁死去了。

黑狗含泪的眼睛流露出对生命的留恋,感动之余,我们是不是应该思考:如何让自己生命的种子开放出绚丽的花朵。

快乐阅读

看车棚的女人 / 曹多勇

靠着楼围墙再砌一溜儿墙,搭上石棉瓦,站上门,空出窗,一处简易的自行车棚就搭好了,前后左右广厦高楼里的自行车就有了归宿。

看车棚的是个女人,三十多岁,胖,头脸、身体,连着一双手指伸出来都很宽裕、富态。言语没出口,鼻眼先笑,说你的车就放这儿吧,每月四块看车费,按季度缴费,现是季度中间,你就交6块钱吧——这么着,我的自行车就归好位。

这女人家就住车棚边的楼上,一天三顿饭却在车棚烧、车棚吃。这时候也正是人们推车存车的兴旺点。存车人固定下,时间长就都熟悉了,推车存车就会去取车牌,进进出出的,这女人随便瞟上一眼,也差错不了。能有多少责任心呢。时间一到,一把锁"咔嚓"封死门。你说她不伸腿睡觉,还有什么事体呢。

于是我就觉得一位女同志,找着这么一份看车棚的营生不错:风不打头雨不打脸,没有多大责任,又自由。妻却说不好。我问为什么?她说女人没事做,身子骨就懒;身子骨一懒,就犯困,你看她养着那身横肉,还有多少女人味儿呢!

妻说的似有一番道理。

看车棚的女人有个女儿,她平常吃住奶奶家,那儿离学校近,只周末才回来。看车棚女人的女儿是个什么模样,我一直没有见着。

眼见到了"六一"儿童节,市里汇演一台少儿节目,朋友找上门,是想我的一支笔替他们写串联词。预排的时候,我遇见看车棚的女人领着她女儿也来了。这女人修饰了头发,修饰了脸面,又穿一身合体套装,真是令我眼睛发亮。小女儿活脱儿的成了她的翻版,只是小一套,又小一套罢了。

我问,领闺女演出呀?

她点点头,说独唱一支儿歌。

看车棚的女人是懂声乐的,指导女儿发音,指导女儿协调手势,甚至还哼唱几句示范示范。我一旁里望着她,似乎怎么也不像往常的那个看车棚的女人。

再遇见看车棚的女人,她还是看车棚的。一身慵懒,一脸困倦,一身胖肉像是永远都睡不醒似的。她说,你们的节目真好,尤其是那个爸爸妈妈下岗了的小女孩,她利用暑假捡破烂儿攒钱交学费,我看这个小品都流出了眼泪呢。我也夸她家闺女歌唱得好,很有天赋。看车棚的女人满足地笑笑,说我也准备找个老师好好地教一教她呢。

最后,看车棚的女人朝我笑笑又说,看你整天骑着这么一辆破自行车,没想到你能写出那么好的串词呀。这女人看看我,看看我的自行车,自顾自地又笑出声。我知道她还是不信我能写串联词的。

后来,我听说看车棚的女人原先歌唱得很有名气,说某某某与她一起的时候都是不如她的。某某某现在都成了大腕儿明星,红了半个中国,看车棚的女人却连一份稳定的工作都没有。我听后自有一番感慨——谁知看车棚的女人有着怎么的一番过去呢!

生活是多姿多彩的,有苦也有甜。本文塑造了一个普通人,一个"看车棚的女人"。但她的经历却并不普通,她曾经辉煌过,她也曾经十分倒霉,但她对生活一直充满希望,依然十分热爱生活。

★请概括一下"看车棚的女人"的性格特点。

★作者为什么写"女人原先歌唱得很有名气,说某某某与她一起的时候都是不如她的""看车棚的女人却连一份稳定的工作都没有"?

★"六一"儿童节,预排的时候,"看车棚的女人"打扮得令"我"眼睛发亮,指导女儿时,让"我"感到她怎么也不像往常的那个看车棚的女人。这一节展示了"女人"的另一面,你怎么看待这时的"女人"?

快乐阅读

橘 子 / ··· [日] 芥川龙之介　朱金和　译

冬天的一个傍晚，天空阴沉沉的，我乘上一列横须贺开往东京的上行客车，坐在软席车厢的一个角落里，呆呆地等待着发车的铃声。异常的是在电灯早已亮着的车厢里，居然就只有我一个旅客，朝窗外望去，那昏暗的月台上，今天也很特别，竟连个送客的人影都不见，仅有一只关在笼子里的小狗时而发出凄厉的吠声。不知怎的，此情此景与我当时的心情颇为相似。无法形容的疲劳和困倦，在我的脑海里投下了一片灰蒙蒙的阴影，甚至不愿把塞在兜里的报纸拿出来翻一翻。

不一会儿，发车的铃声响了。我这时才感到心情舒畅一点儿，同时把头靠在后面的窗沿上，漫不经心地等待着眼前的车站徐徐后移。车站并没移动，却从前票口处传来一阵尖锐的木屐声。紧接着，在列车员的几声喊骂声中，我乘坐的软席车厢的车门哗啦一声打开，一个十三四岁的小姑娘匆匆忙忙地跳上车来。就在这当儿，火车剧烈地摇晃了一下，便慢慢地开动起来。一根根打眼前徐徐晃过的、竖在月台上的电柱，一辆多半是被遗忘在那儿的运水车，以及正向车厢里的一位旅客道谢的搬运夫，所有的这一切，都在朝着窗门漫卷过来的煤烟中无可奈何地消失在车后。我总算松了一口气，一边点着香烟，一边第一次抬起困倦的眼睑，朝坐在我前面席位上的小姑娘的面孔瞅了一眼。

看样子，这是一个地道的乡下小姑娘，干枯的头发挽成银杏叶式，满是横裂纹的两颊红得令人感到不快，而且，耷拉着沾满油污的浅黄色毛线围巾的膝盖上，放着一只大包裹，那双抱着包裹、生满冻疮的手，小心翼翼地紧捏着一张红色硬席车票。我不喜欢小姑娘那张庸俗低劣的脸庞，对她那身邋遢的衣服也很讨厌，尤其令人生气的是她愚昧无知到连软席跟硬席也分辨不清。所以，我点着了香烟后，也出于想忘掉小姑娘的存在，便漫不经心地把兜里的晚报拿出来摊在膝盖上阅读起来。这时，落在晚报上的户外光突然成了电灯光，几栏印刷低劣的铅印字特别清晰地呈现在眼前。不用说，火车已钻进了横须贺线上无数隧道中的第一号隧道。

许是为了安慰我那忧郁的心情，即便稍微浏览一下让灯光照亮的晚报，就可发现社会上也同样充满着平凡庸俗的人和事：和谈问题、新娘新郎、贪污事件、死亡广告……当火车钻进隧道的一瞬间，我不禁产生一种错觉，以为火车在朝着相反方向行驶，同时，机械地把这些索然无味的消息挨着看了过去。即便在这段时间里，我也每时每刻感到，那个脸上仿佛凝结着现实中各种卑鄙和庸俗的小姑娘正端坐在我前面。无论是在隧道中行驶着的火车、那个乡下小姑娘，还是充塞了平庸消息的晚报，全都是一种象征，象征着一个神秘、低级、无聊的人生。我感到一切都毫无意义，于是就把看了一半的晚报丢在一旁，又把头靠在窗沿上，死一般地闭上双眼打起盹来。

这样过了几分钟，突然感到似乎有一样东西向自己扑过来，不禁睁开双眼环视四周。原来，不知几时，那个小姑娘已从那头移到了我前面一排的临窗座位，而且几次三番地想要打开车窗。可是事与愿违，沉重的窗门怎么也打不开。那满是横裂纹的脸颊越来越红，抽鼻涕声随同轻微的喘息声急促地传入耳鼓。不用说，这般情景也确实引起了我几分同情。四周一片昏暗，惟枯草还明亮可见的两侧山腰正渐渐逼近车窗。仅从这一点，也应该马上明白火车快临近隧道口。然而小姑娘全不理会，还是固执地要打开那扇特意关好的车窗。我无法理解其中的道理，不，甚至只能认为这完全是小姑娘的怪癖。所以，我依然冷若冰霜，眼里露出差不多是祈祷她永远失败似的目光，冷酷地凝视着她正用生满冻疮的手拼死地想要打开车窗的情景。不一会儿，火车拖着震耳欲聋的吼叫声冲进了隧道。这时，小姑娘想要打开的车窗终于叭嗒一声掉了下来。于是，一股股乌黑的空气——煤烟灰仿佛全溶化在里面似的——从四方的窗洞里喷涌进来，顷刻间变成了令人窒息的烟雾，蒙蒙地迷漫着整个车厢。我甚至来不及拿手帕捂住脸孔，烟雾就迎面扑来。我本来喉咙就不舒服，这一来更是咳个不停，差一点透不过气来。小姑娘依然对我毫不介意，自管把头伸到窗外，银杏叶式的头发在夜风吹拂下，微微飘动。她就这样一直远眺着火车行进的方向。正当我这样借着灯光透过煤烟注视她那身影时，窗外渐渐地亮堂起来，泥土味、枯草味、水汽味也随着寒气从窗外飘进来，于是咳嗽也慢慢止息。否则，我说不定会劈头盖脑地怒骂这个陌生小姑娘,而且还要叫她照原样关上车窗。

这时火车已安然穿过隧道,正驶过坐落在两座枯草丛生的荒山之间一个穷山镇的镇边铁路岔口。在铁路岔口的周围,杂乱地拥挤着一片简陋的草房和瓦房。大概是铁路岔口管理工用的吧!仅有的那面已经发白了的信号旗在暮色中懒洋洋地飘拂着。刚想总算出了隧道,就看到那凄凉的岔口栅栏那边,挨个地站着三个脸颊红喷喷的小男孩。他们全都矮矮的个头,就像被阴沉沉的天空压缩成似的,而且身穿着跟那镇边的凄凉景物相同颜色的衣服。三个孩子一边仰望着火车通过,一边一齐举起小手,拉高尖利而幼嫩的嗓门,极力地迸发出一阵无法听懂的喊声。就在这一刹那,只见那个小姑娘把半个身子探出窗外,伸出生满冻疮的手,在一个劲儿地左右挥动。突然,约莫五六只黄灿灿的惹人喜爱的橘子从空中纷纷飘落在目送火车驶去的小男孩的身边。我不由得愣住了,而且也正是在这一瞬间,明白了所有一切。小姑娘,这位多半是去当女佣的小姑娘把藏在怀里的几只橘子从车窗扔下去,酬劳那三个特地赶到岔口来为自己送行的弟弟。

暮色笼罩着镇边铁路岔口,仿佛小鸟般尖叫的三个小男孩,以及飘落在他们身边的鲜艳的橘子颜色,所有这些情景虽然只是顷刻间在窗外一闪而过,却深深印刻在我的脑海里,我不禁感到一阵无可名状的快慰。我昂然地抬起头来,判若两人似的重新打量着那位小姑娘。不知几时,小姑娘已重又端坐在我前面的那个座位,依然把满是横裂纹的脸颊蜷缩在浅黄色的毛线围巾里,同时抱着大包裹的手里,紧紧捏着一张硬席车票。

我只有在此刻才得以暂时忘却那无法形容的疲劳和困倦以及那神秘、低级、无聊的人生。

与你共品
yu ni gong pin

这篇小说成功地塑造了一个乡村小姑娘的形象。作者对小姑娘的外貌、行为、动作的描写,都是通过"我"的观察来展开的。小姑娘美好的心灵,仍然是通过"我"得到的启示和领悟来展现的。这种写法新颖,令人感到亲切可信。并恰到好处地表达了作品的中心。

★ 凭借小说中对火车和车站的描写，你大致能判断出故事发生的年代是第二次世界大战后、战争中，还是战争前？请引述课文加以说明。

★ 简述这篇小说的基本情节。

★ "我"是贯穿全篇的人物，他的看破红尘的消极情绪从文中哪些句子中突出地表现了出来？表现这些的目的是什么？

★ 景物描写在文中起到哪些作用？

命运的驱使 / ···冯骥才

这是我踏上文学之路时最初的足迹。它一片凌乱、深深浅浅、反反复复，仿佛带着那样多的不情愿、被迫和犹豫不决……这究竟为了什么？

1966年大动乱到来之前，我的世界有如风暴前的海面，它没有丝毫预感，没察觉任何先兆，在一片出奇的静谧里，暖意的阳光躺在我柔软的、层层皱褶一般的、有节奏的生活波浪上。那时我才20多岁！我热爱着艺术。我是肖邦、柴可夫斯基、贝多芬最驯顺的俘虏；我常常一个人在屋里高声背诵《长恨歌》、《蜀道难》和普希金的《致大海》；最后，我终于以一种为美而献身的精神，决意把一生的时光，都融进调色盘里。那雨中的船、枝上的鸟、泥土中的小花小草、薄暮冥冥中一张模糊而有生气的脸，把我牢牢固定在画架前，再也没有想到与它分开。

然而，1966年那场突如其来的大动乱就像一个无法抗拒、从天而降的重锤，把我的世界砸得粉碎。一夜之间，千万人的命运发生骤变；千万个家庭演出了在书本里都不曾见过的怪诞离奇的悲剧。对于我,平时所留意的人的面容、姿态、动作变得毫无意义;摆在眼前的,是在翻来覆去的政治风浪里淘洗出来的一颗颗赤裸裸的心。它们无形地隐藏在人身上最不易发现的地方。有的比宝石还美,有的比魔怪还丑,世上再没有比人与人、心与心的差距更为遥远的了。为了在这刀丛般的人事纠葛中间生存,现实逼着我百倍地留意、提防、躲闪;于是,往日那些水光山色、鸟语花香,美梦一般流散了。

　　天津海河边有个地方叫做挂甲寺。夏天里,偶然会有游泳者不慎淹死了,就被拖到岸边,等家人来认领。但在这期间,几乎天天都有人投河自尽,给人们用绑着铁钩的长杆钩上来,一排排陈列着。原来的两张席不够用,有的便露出不堪一睹的面孔。有老者,有青年,有腰间捆着婴儿一同殉难的妇女。我直怔怔望着这些下狠心毁掉自己的人,心想他们必有许多隐忍在心、难以抗拒的苦痛。还有一次,我看到一个悬梁自尽的人蹬倒的椅面上留着很多徘徊不定的脚印,我的心颤栗了……每每此时,我便不自觉地虚构起他们生前的故事;当然这可能是与他们完全无关的虚构,但我平日在生活中的所见所闻、万千感受却自然而然地向虚构的故事中聚拥而来。当故事形成、在心里翻腾不已时,我便有一种强烈的表现欲。

　　开始,我只是把这些故事讲给至亲好友们听。为了安全,我把故事中的人物、地点、社会背景全换成外国的,当做一个旧的外国小说或电影故事。我的许多亲友听过这些故事。在文化一片空白的当时,他们以听我的故事为快事。我却以讲故事来发泄表现欲,排遣郁结心中的情愫。我哪里知道,这就是我后来一些作品的雏形。

　　一个夜晚,外边刮着冷风。一位许久未见的老朋友突然跑到我家来。他不等我说什么,便一口气讲了他长长一段奇特的遭遇。我听着,流下泪,夹在手指间的烟卷灭了也不知道。这位朋友讲述他的遭遇时,带着一种神经质的冲动,我真担心他回去后会做出什么不够冷静而可怕的事来。他讲完了,忽然用激动得发颤的声音问我:

　　"你说,将来的人会不会知道咱们这种生活?这种环境?如果总这样下去不变,再过几十年,现在活着的人都死了,还不就得靠后来的作家瞎编?你说,现在有没有人把这些事写下来?那就得冒着生命的危险呀!不过,这对于将来的人总是有价值的……"

　　那是怎样一个时代呀!

　　我们都沉默了。烟碟里未熄的烟蒂冒着丝一般的烟缕,在昏黄的灯光里萦回缭绕。似乎我俩都顺着他这番话思索下去……从此,我便产生了动笔写的念头。

我把自己锁在屋里,偷偷写起来,只要有人叩门,我立即停笔,并把写了字的纸东藏西掖。这片言只语要是被人发现,就会毁了自己,甚至家破人亡,不堪设想。每每运动一来,我就把这些写好的东西埋藏在院子的砖块下边、塞在楼板缝里,或者一层层粘起来,外边糊上宣传画片,作为掩蔽,以便将来有用时拿温水泡了再一张张揭出来……但藏东西的人总觉得什么地方都不稳妥。一度,我把这些稿子卷成卷儿,塞进自行车的横梁管儿里。这车白天就放在单位里,单位整天闹着互相查找"敌情线索"。我总觉得会有人猛扑过去从车管儿里把稿子掏出来。不安整天折磨着我。终于我把稿子悄悄弄出来,用火点着烧了。心里立刻平静下来,跟着而来的却是茫然和沮丧。以后,我一发有了抑制不住的写的冲动时,便随写随撕碎,扔在厕所里冲掉;冬天我守着炉子写,写好了,轻轻读给自己听,读到自己受感动时便再重读几遍,最后却只能恋恋不舍地投进火炉里。当辗转的火舌把一张张浸着心血的纸舔成薄薄的余灰时,我的心仿佛被那灼热的火舌刺穿了。

在望不见彼岸的漫长征途上,谁都有过踌躇不前的步履。这是无效劳动,滥用精力啊!写了不能发表,又不能给任何人看,还收留不住,有什么用?多么傻气的做法!多么愚蠢的冲动!多么无望的希望!而我最痛苦的就是在这种忽然理智和冷静下来、否定自己行为的价值的时候。

我必须从自己身上寻找力量充实自己。于是,我发现,我有良心,我爱自己的祖国和人民,我是悄悄地为祖国的将来做一点点事呀!我还是有艺术良心的,没有为了追求利禄而去写迎合时尚、违心的文字。我珍爱文学,不会让任何不良的私欲而玷污了它……这样,我便再不毁掉自己笔下的每一张纸了。我下了决心,我干我的。不管将来如何,不管光明多么遥远,不管路途中间会多么艰辛和寂寞,会有多高的阻障,会出现怎样意外的变故。我至今保存一首诗。是当时自己写给自己的。诗名叫《路》:

> 人们自己走自己的路,谁也不管谁,
> 我却选定这样一条路——
> 一条时而欢欣、时而痛苦的路,
> 一条充满荆棘、布满沟堑的路,
> 一条宽起来无边、窄起来惊心的路,
> 一条爬上去艰难、滑下去危险的路。

一条没有尽头、没有归宿的路，
一条没有路标、无处询问的路，
一条时时中断的路，
一条看不见的路……
但我决意走这条路，
因为它是一条真实的路。

现在回想起来，这便是我走向文学之路最初的脚步了。

前年我在滇南，亚热带风味的大自然使我耳目一新。那些哈尼族人的大茅屋顶、傣族人的竹楼、苗族妇女艳丽的短裙，混在一片棕榈、芭蕉、竹丛、雪花一样飘飞的木棉和蓝蓝的山影之中，令我感动不已，不知不觉又唤起我画画的欲望。我回到家，赶忙翻出搁放许久的纸笔墨砚，呆在屋里一连画了许多天，还拿出其中若干幅参加了美展。当时，一些朋友真怀疑我要重操旧业了。不，不，这仅仅像着了魔似的闹了一阵子而已。跟着，潜在心底的人物又开始浮现出来，日夜不宁地折磨我了。我便收拾起画具，抹净桌面，摆上一叠空白的稿纸……

是啊，我之所以离开至今依然酷爱的绘画，中途易辙，改从写作生涯，大概是受命运的驱使吧！这不单是个人的命运，也是民族、祖国、同时代人共同的命运所致。至于"命运"二字，我还不会解释，而只是深深感到它罢了。

冯骥才(1942~)，当代著名作家。天津市文联、作协副主席，中国作协理事、中国文联副主席。代表作有《雕花烟斗》、《神鞭》、《正义的感召》、《铺花的歧路》，长篇小说《义和拳》、《神灯》。本文选自《独白》。大可理解为这是冯骥才在一个特殊的历史时期"弃画从文"的一个"独白"吧！作者的这种"中途易辙"是"命运的驱使"，更是一个有良心、爱祖国、爱人民的正直知识分子的所作所为。在阅读中除了接受文学的陶冶外，还补上了那一段特殊历史时期的空白；在感受今日之幸福生活之不易的同时，更应树立起自己为振兴中华而努力学习的信心。

个性独悟

★文中的"大动乱"是指什么说的？为什么说"我是肖邦、柴可夫斯基、贝多芬最驯顺的俘虏"？

★《长恨歌》的作者是谁，请写出该诗中最精彩的两句。《蜀道难》的作者是谁？请写出该诗的第三、四两句。

★"把我的世界砸得粉碎"，"我的世界"是怎样的一个"世界"？在那场"大动乱"中最能够反映出人与人之间关系的句子是哪句？（用文中原话回答）

★作者写《路》以自勉，那么这条"路"的具体内涵是什么？在这首诗中作者表达了怎样的心志？

快乐阅读

听　泉 / 韩静霆

　　演奏《二泉映月》，有一种心灵沐浴冲凉的感觉，琴弓的马尾吃住了弦，像是把山里的玉石锯开了一个小缝儿，泉水呢，顺着左手指头尖儿款款地流出来，跌扑回还，绕在身边。心里所有的浮躁、郁闷、繁琐，都被淙淙流泉冲走了。身上清爽得很，干净得很。舌根也甜润润湿漉漉。说来真得感谢盲人音乐家阿炳，他用一把二胡，教会了我们听泉，让我们知道，感觉山中清泉，应该打通生命所有孔窍,只凭眼睛直观是不够的。是啊,古人说刑天舞干戚,以乳为目,以脐为口,就是说人的浑身上下都生着精明的感官,人本来就是精灵剔透的灵长目,我们和炳哥的差别就在于不懂得让心灵长出眼睛看宇宙,让耳朵生出触须抚摸自然,从这个角度说,也许我们才是真正的"盲人"。还有,我们没有化清流为音乐的神力,在盲人音乐家阿炳这里,泉水是灵感的婴儿。他一下子就捕捉住了稍纵即逝的灵感,再加进自己的天分、才情与生命感悟,人间就流淌出了不朽的经典,音乐的清泉《二泉映月》。

"二泉"从前只是伴穷道士沿街卖艺的一支曲子,如果不是遇到杨荫浏先生,那音乐的"泉水"不知会在哪儿幽咽断流了。我在音乐学院学琴的时候,老先生杨荫浏的学养和人品极为师生尊崇,杨荫浏和阿炳(华彦钧)之间的理解与默契,是人间知音的绝唱,俞伯牙与钟子期也不能相比。换句话说,琴师俞伯牙倘若遇到杨荫浏,就大可不必因世无知音摔碎瑶琴了。杨荫浏是在建国初期为抢救濒临灭绝的文化遗产寻访阿炳的。背着笨重的录音机,他和阿炳谈心,谈艺,谈琴。用那时候流行的"履带"般的录音机带,录下了阿炳的曲子。这首曲子无题,阿炳让杨先生取个题目,杨先生思忖了片刻说,就叫做《二泉映月》吧。

可以想像这时候阿炳是多么感动和惊奇,他那深陷的眼窝红了,几乎要流出"泉水"了。面前这位先生不仅听懂了他,把他的琴声录下来,让他的音乐永远活着,而且,一语点睛,戳动了他的心泉之门。是呵是呵,这娓娓动听的音乐,不是映月的天下第二泉又是什么?泉水一冲出深山罅隙,月光就扑了过来。一轮梨花月变成了液体。揉碎了的月光,丁丁冬冬唱着歌,奔跑跳跃在惠山的绿竹林青草地。忽然从高高的石崖向下"蹦极",珠玉四溅;忽然在花丛潜伏蛇行,若断还连,幽幽咽咽的;忽然又在光滑的鹅卵石溪床上跳着轻盈的舞步,带着小鱼,携着蝌蚪,跑向山外的世界……音乐在胡琴的三个把位回还,如曲水流觞。装饰音和滑音机智乖巧,似鱼嬉水草。抖弓细碎流畅,清流里有诉不尽的柔情。《二泉映月》是回旋曲式,让人把醉人醴泉回味品咂个够。更要紧的是,杨先生听着盲人音乐家心泉的律动,深深感觉到了阿炳对生命和自然的热爱,也听到了涌动的泉水里,有一点儿淡淡的哀伤。

阿炳和杨荫浏都已经离我们远去了,可映月的二泉还奔涌在我们的生命和生活中,记得,这首美妙绝伦的乐曲使著名指挥家小泽征尔由衷倾倒,他说过,《二泉映月》应当跪下来听。是的,此曲只应天上有,人间哪得几回闻?也许,惟有双膝跪倒,才可以聊表心中的虔敬和感激。我们感激创造美的阿炳和发现美的杨荫浏。阿炳开掘出了他心中独一无二的音乐泉,杨荫浏牵着"泉水"的手,出了山。

与你共品

　　《二泉映月》是旧社会一个流浪的盲艺人"瞎子阿炳"(华彦钧)创作的一首二胡曲,著名音乐教授杨荫浏先生把阿炳演奏的这首乐曲录了音,得以流传下来。本文的作者把中华民乐中的瑰宝、不朽的《二泉映月》展现给我们。作者侧重于讴歌对这首不朽乐曲有卓越贡献的两个人:作曲者和记录者。这就使得这篇文章有了它独特的视角。

个性独悟

　　★阅读全文,你认为题目中的"泉"仅仅是指乐曲《二泉映月》中的泉、惠泉的泉水吗?此外还有什么含意?

　　★第三自然段中"泉水一冲出深山罅隙,月光就扑了过来","扑"字有什么作用?第三自然段中作者描写《二泉映月》的乐曲时,对"泉"与"月"这两个事物的描写,有什么特点?

　　★作者认为阿炳能够创造出《二泉映月》这样不朽名曲的原因是什么?

快乐阅读

生命 / [俄] 奥斯特洛夫斯基

青春的力量是不可战胜的。

保尔没有被伤寒夺去生命。

这该是他第四次勇敢地战胜了死亡。

在床上躺了整整一个月,这天苍白而又消瘦的保尔终于能够站起来了!尽管两条腿颤颤悠悠地很勉强,但毕竟能扶着墙走动了。

母亲搀着他走到窗口,他扶在那久久地凝望着大街。

残雪在消融,无数小水洼闪动着光亮。早春的气息扑面而来。

温暖又一次降临大地,万象正在更新……

一只灰胸脯的麻雀,站在窗外樱桃树枝上神气十足。它时不时地用灵活的小眼睛偷看保尔。

"怎么样,咱俩总算熬过了冬天吧?"

保尔用手指敲了敲玻璃窗;小声说着像是看见了老朋友。

母亲好生奇怪:

"保尔,你在跟谁说话?"

"跟麻雀……现在它飞走了,这个小机灵鬼!"

他虚弱无力地笑了笑。

到了阳春时节,保尔便打算回城里了。

现在他已经能行走了,不过,他的体内依然潜藏着别的病症。

这一天,他正在花园里散步,脊椎上的一阵剧痛骤然间把他摔倒在地。他自己费了好大的气力才摸回房间。

第二天,医生给他作了一次详细的检查,发现他的脊骨上有一个深窝儿。

医生惊奇地问他:

"这是怎么来的?"

"这是公路上的石头崩的。在罗夫纳的战斗中,一颗3寸口径大炮的炮弹在我背后的公路上炸开了花……"

"那你后来怎么能走路呢？一直不碍事？"

"不碍事。当时,我躺了俩钟头,后来又接着骑马,直到昨天才第一次发作。"

医生紧皱着眉,认真地查看着那个深窝儿。

"亲爱的,这可真不是好东西。但愿它将来也不要发作。穿上衣服吧,柯察金同志。"

医生用一种同情而又担心的目光,看着他的病人。

保尔漫步在荒凉的小镇上,心中忧郁地想着……

不过,当他一想到明天就要去那个大城市,去和那些亲密的朋友们再度生活,便高兴起来了。

那个大城市以其雄伟的力量、沸腾的生活、川流不息的人群、汽车和电车吸引着他召唤着他……

当然最有吸引力的是那些巨大的石头厂房、被煤烟熏黑的车间、机器,以及滑轮的柔和的沙沙声。

此时此刻,他的心已经飞到了工厂……

可是,当他漫步在这个僻静的小镇时,他却感到无名的惆怅,他甚至有点厌恶这个生他养他的地方了……

因此,他白天在户外散步,心中总是闷闷不乐。

当保尔从台阶上走过去的时候,两个坐在那儿的长舌妇立时就指指点点议论起来了。

"喂,亲家母,你瞧,这是从哪儿出来了这么个可怕的东西？"

"看那样,是个痨病秧子！"

"可你瞧他那件好皮上衣,哼,肯定是偷来的……"

除此之外,还有许多令人生气的事儿。

也难怪,他生活的根早已从这里拔出来了,现在大城市是他真正的天地。

的的确确,同志之间的友谊和劳动的信念,已经把保尔和大城市牢牢地结合在一起了。

保尔不知不觉来到了松林前。

在他右边是阴森的旧监狱,监狱周围是一圈尖头木栅栏,监狱的后面,是医院那白色房舍。

瓦莉亚和她的同志们就是在这儿被绞死的,现在是一个空旷的广场。

保尔在原来竖着绞架的地方默默地站了一会儿后,就下了陡坡,来到了埋葬烈士们的公墓里。

不知是哪个好心人,用枞树枝编成的花圈围起了那一列坟墓,苍绿而真诚……

笔直的松树耸立陡坡上,新绿的嫩草长满了峡谷的斜坡……

这里是小镇的近郊地带,清静而又阴冷。

松林轻声细语不愿惊醒这里的旧梦,但又十分委屈。

复苏的大地,散发出一种强烈的春天的气息……

就在这里,烈士长眠于地下……他们,是为了光明而牺牲的;他们用生命换来了人民的幸福……

保尔缓缓地摘下了帽子。他心中充满无限悲愤和深切的缅怀……

人,最宝贵的是生命。

生命对每个人都只有一次。

人的一生应该这样度过:

当回首往事的时候,他不会因虚度年华而悔恨,也不会因庸庸碌碌而羞愧;在临死的时候,他能够说:

"我的整个生命和全部精力,都已献给了世界上最壮丽的事业——为人类的解放而斗争。"

人应当抓紧每一分钟,去过最充实的日子,因为意外的疾病或悲惨的事故随时都可以突然地结束他的生命。

保尔怀着这种想法,离开了烈士公墓。

与你共品

本文节选自《钢铁是怎样炼成的》,文中塑造了保尔这一英雄形象,特别是当保尔以惊人的毅力战胜病魔时,他留给读者的是一种激励和鼓舞,尤其是当保尔经历了无数的战争考验,总结出自己关于人生思考的名言,更是激励了一代又一代的有志青年,以此为座右铭,激发人们珍惜时间,珍爱美好的生活,但愿同学们在阅读中细细品味,也能以此来激励自己。

个性独悟

★文章开篇有一段景物的描写,这段描写使你感受到什么?

★如何理解保尔与麻雀的对话:"怎么样,咱俩总算熬过了冬天吧"?

★文中在写公墓那用松树枝编成的花圈时,为什么用"真诚"来形容?

★保尔关于人生的思索曾激发过无数青年珍惜美好时光,请你谈一谈你对此段话的感受。

快乐阅读

渡河少年 / ···佚 名

一条清澈的小河,一条泊在岸边的渡船。

我立在船头,一身蓝色的衣服倒映在水里。船身开始晃动,船老大拿着一根竹篙上来了。一个背着书包的圆脸少年站在河埂上朝老人大声问:"老爹,没钱能上船吗?"

老人正在弯腰解着缆绳,头也不抬:"没钱坐什么船,笑话!"

竹篙一点,小船离岸而去。

孩子像当头挨了一棒,孤零零地立在岸上。离得老远,我看见孩子两眼睁得溜圆,牙帮骨在不停地挫动,两道小刷子似的眉毛紧紧地蹙在一起。忽然,他把衣裳一脱,连同书包擎在手中,"哧溜"一下滑进了河里。

秋风秋水,他受得了吗?一股同情的潮水从我心上漫过,想喊,没喊出声。孩子举着衣服、书包,踩着水,一摇一摇地向河当中游去,黝黑的脸蛋冻得乌青。撑船老汉愣愣地望着,忽然大叫:"伢子,上船,快上船!"

孩子好像没有听见。

船撑到孩子跟前,孩子使劲把头别过去。

"上船吧——别冻坏了。"老人似乎在哀求,"钱一分也不要。"

孩子不理他,依然向前划。落满彩霞的河水被孩子的臂膀切割成一块块五彩的锦缎,那手中的花格子衬衣就像五彩的花瓣,黄黄的书包真像花瓣中的花蕊。

好一朵开在浪花丛中的奇葩!好一个倔强的少年!

终于到了对岸,泥鳅一般蹿上了堤埂。阳光在他的脊背上滚动,像一条条刚出网的银鱼在蹦跳。他把衣裳一套,捡起书包,飞也似的跑了。河边的沙滩上,留下了一条长长的水线,像一条无限延长的省略号。

后来,我打听到,那孩子考取了对岸的中学,那天是开学的头一天。

有趣的是,以后我每次过河,只要赶上学生上学放学,总会看到那个圆脸少年在河里游来游去,数年后,少年居然从这条小河游进了大海,成了一名游泳健将,他给撑船老人来过一封信,称他是他的启蒙教练,要感谢他。

可惜老人已长眠在河边的沙丘里,没看到这封信。

与你共品

yu ni gong pin

"老爹,没钱能上船吗?"小说一开始就揭示了矛盾冲突,作者用特定场景的描写来表现文章主题:在生活的激流中应该勇敢地接受考验,不怨天,不怨人。

这篇小小说综合运用多种人物描写的方式,语言生动且含蓄。特别是一串串动词的准确使用,对表现人物性格特征起到了至关重要的作用。

个性独悟

★小说综合运用了多种人物描写方式,从中显示鲜明的人物性格。如"忽然,他把衣服一脱,连同书包擎在手中,'咪溜'一下滑进了河里"属什么描写,表现少年什么性格?"孩子使劲把头别过去",是什么描写,从中可见少年什么性格?"老汉愣愣地望着,忽然大叫:'伢子,上船,快上船!'"这是什么描写,刻画老汉的什么性格?

★这篇小说的语言生动而又含蓄。品味下面的句子:
① "河边的沙滩上,留下了一条长长的水线,像一条无限延长的省略号。"含蓄地表现了什么?
② "他给撑船老人来过一封信,称他是他的启蒙教练,要感谢他。"含蓄地表现了什么?

窃书的故事 ··· 周作人

据读书人的代表孔乙己声明说:"窃书不是偷",只能认作斯文人一种玩笑,而且书明明未曾偷去。所以说是"偷书的故事",也不很妥当。姑且定名为"窃书",来一讲这个故事。

故事是鲁迅讲的,我只是转述一下子,也不记得他自己在什么文章里,讲过没有,因为故事很好玩,所以来重复说一遍。

这是鲁迅在民国初年在北京教育部时候的事情。他在教育部的官是金事科长,在社会教育司第一科,管的是文化设施,即图书馆、博物馆的事,其时北京图书馆还未成立,只有一个京师图书馆,略备一点旧书,设在国子监,由教育部聘胡玉缙做馆长,至于部内负责的则为科长,即是鲁迅。其时有一位做过总长的名流,大大有名的藏书家,听到馆中有一部宋版书,渴欲一见,无奈馆中定例单本不外借,所以不能做到。馆中为优待名流起见,特辟净室一间。请他住在里边,可以仔细校阅。那名流惠然肯来,科长亲自接待,捧出宋版来亲手交给他,然后告退。过了几日,名流送信来,说要回去几天再来看书,叫人前去接收。这天仍由科长出马,看见他已整装待发,只等科长一到,将书交还,便挑起网篮铺盖,出馆出去。科长双手接过内装宋版书的楠木盒子,将转手交付工友,这时忽然"福至心灵",当面打开盒子来一看:不看时万事全休,只见楠木盒子里"空空如也",不见有一本书。第一个看出破绽的是那位名流,随即转过头去,骂站在后面的佣人:"混账东西,怎么书都没有放好!"佣人连忙从网篮里将宋版书取出,放入楠木盒子里。科长这才接过去,安心收下。

后来鲁迅讲起这件故事,总说回想过去所遇的危险,以这一次最险,也最运气,因为只要一不小心,收下之后,这失书的责任再也摆脱不清了。因此之故,他也最恨那名流,不但认为藏书家即是偷书家,在这里得一实证,也因为个人几乎上他的大当的缘故。语曰,不见可欲,则心不乱。藏书家眼见好书,用尽心思图谋,也是人情,但总不可以违反道德,做出见不得人的事,与那位名流相比,孔乙己穷饿之馀,混进书房,乘主人不在,挟几册破书出来换钱,的确还有几分情有可原了。

本文选自《雪夜话读书》。作者周作人(1885~1967),浙江绍兴人。现代作家。著有散文集《自己的园地》、《雨天的书》、《苦茶随笔》等。选文转述了鲁迅的一个关于名流窃书的故事,暗藏讥讽,惟妙惟肖地画出了名流的丑陋嘴脸,从而警示世人去提防那些"羊质虎皮"的伪君子真面目。阅读本文注意语言的幽默和故事含有的讽刺警示作用。

个性独悟

★ 文章首段的作用是什么？
★ 科长忽然"福至心灵"的含义是什么？
★ 鲁迅恨那名流的原因是什么？(用文中原句回答)

理政严而猛　笔下山与水 / ···王问靖

著名的地理学家、文学家郦道元(约 470~527)，字善长，范阳涿县(今河北涿州市)人。他的一生经历过北魏的全盛时期，也经历了它的衰落。郦道元的祖上都是深受北魏重用的汉族知识分子。长期以来，父辈们建立的功业、北魏孝文帝一系列的改革和统一中国的愿望，都对郦道元产生了很深的影响。郦道元进入仕途很早，25 岁已担任尚书郎跟随孝文帝北巡边疆。他父亲死后，又袭封为永宁侯，并先后担任过太傅和治书侍御史等官职。

郦道元为官耿介正直，为政严明，志气刚毅，嫉恶如仇。特别是孝文帝元宏死后，在国势每况愈下的情况下，他不顾个人得失，不顾时势的艰危，不畏豪权。在冀州镇担任东府长史时，他执法严峻，令属下官吏望而生畏，不敢为非作歹。地方上的奸盗也迫于威势，四散逃往别的地方。后来他担任鲁阳太守时，一方面跟在冀州一样，让山蛮"伏其威名，不敢为寇"，一方面修建学校，重视教育，从文化上改变鲁阳的落后面貌。孝昌元年(525)，南朝梁遣将攻打扬州，徐州刺史元法增又在彭城反叛，郦道元被任命为侍中，摄行台尚书节度诸军，指挥了这次平叛的军事行动，并打败了梁军的进攻。长期担任地方官，使郦道元有了"严猛"为治的名声，那些地方豪强、朝廷权贵都对他畏惧几分。

正在这时，雍州刺史萧宝夤起兵反叛。元徽等人趁机启奏朝廷，派郦道元为关右大使,企图借萧宝夤之手加害于他。郦道元置个人利益于度外,冒险西行。萧宝夤果然认为郦道元担任关右大使是来图谋自己的,于是派遣叛军,将郦道元包围在阴盘(今陕西临潼附近)驿亭之中。驿亭在山冈上,被围之时,饮水断绝,临时掘井十余丈也不得水。叛军趁郦道元水尽力竭,遂逾墙而入。面对叛军,郦道元临乱不屈,嗔目叱贼,厉声大骂而死。他的弟弟道峻及两个儿子同时被叛军杀害。一位耿介正直、为政严明的官吏,就这样为国献身。

以郦道元的名声同垂后世的便是他倾毕生精力撰写的《水经注》。

《水经注》是一部优秀的地理著作,它在桑钦《水经》的基础上,以注释的方式,全面记叙我国南北朝时期的水道情况。古《水经》记天下水道137条,而《水经注》共记大小河流1389条,是《水经》的10倍。在《水经注》中,作者不仅逐条说明各水道的源头、流向、经过、支津、汇合及水文情况,而且还广征博引,把河流所经地域的自然地理、人文地理进行了详细的记载。大凡山岳、河川、溪谷、滩濑、泽薮、瀑布、湖泊、温泉、土壤、动物、植物,以及居民乡落、州郡城郭、宫殿邮亭、楼馆碑碣、园林寺庙、古迹遗址。交通水利、历史故事、神话传说,都广泛搜罗,详细描述。为了撰写《水经注》,郦道元勤奋好学,历览群书,广泛地搜集文字资料,还勤勉地进行野外考察,并以实事求是的谨严态度进行撰写,使《水经注》成为一部不朽的地理巨著。

《水经注》又是一部倾注了郦道元全部爱国感情的巨著。郦道元生于北方。他出生时,祖国南北分裂已超过一个半世纪。他的前半生经过了孝文帝的盛世,在孝文帝统一中国的雄心伟志和父辈的影响下,郦道元向往着一个广大而统一的中国再度出现。当他的后半世,北魏国力逐渐衰落、统一中国无望的时候,他仍执著地坚持着这一理想。他著述《水经注》,不是着眼于北朝的半壁江山,而是以西汉王朝大一统的疆域作为自己叙述的范围。在国家分裂、山河破碎的时候,《水经注》却把一个支离破碎的祖国融合为一个整体,而且把祖国的山河写得那样的美丽,那样的雄伟。

郦道元撰述《水经注》,是以祖国统一的政治理想为基础的,在《水经注》这部著作中,倾注了作者全部的爱国情怀。在《水经注》中,我们看得到黄河的澎湃与长江的浩荡:孟门黄河"水流交冲,素气云浮,崩浪万寻,悬流千丈,浑洪怒,鼓若山腾";三峡长江"夏水襄陵,沿泝阻绝,朝发白帝,暮到江陵,其间千二百里,虽乘奔御风,不以疾也"。我们还看得到,洞庭湖广阔五百里,日月若没其中;钱塘潮,二月八日,峨峨二丈有余。还有华山的艰险、泰山之高峻;衡山芙峰,自远望之,苍苍隐隐;庐山瀑布,挂流三四百丈,望若素悬。北有长城居庸关,累石之上,崇墉峻壁;南有广东韶关,韶石似双阙雄峙……时至今日,当我们诵读这部作品,仍然激发起对祖国的热爱之情。

《水经注》在行文之中,还随时寓有褒贬。作者对历代为国为民作出贡献的人物进行热烈歌颂,如写孟门、山氏柱山赞大禹治水的功绩;写孔庙,怀有对儒家圣人孔子的崇敬;记汨罗江,流露出对爱国诗人屈原的同情;述八阵图,定军山,充分肯定诸葛武侯的功绩;写都江大堰、蒗荡渠,热情歌颂李冰、王导兴修水利的贡献。而对历代统治者滥用民财、不恤民力、大兴土木、大兴厚葬、奢侈浪费等罪恶行径,则予以狠狠地批评,时时处处都充满爱国爱民的深厚感情。

《水经注》还是一部伟大的文学著作,被后人称为"山水文学之祖"。郦道元对自然山水的描写,有的是根据自己亲身的经历而直接创作;有的是提炼或抄缀他人的著作而改写。他抓住山山水水的个性特点,写得千姿百态,异彩纷呈。作者饱蘸着对祖国自然山水、美好河山的热爱,充满激情地进行撰写,做到了审美主体和客体、情和景的交融,正如《江水注·西陵峡》中的一句话:"山水有灵,亦当惊知己于千古矣。"《水经注》中写景的语言,也具有鲜明的个性。在准确生动、文从字顺的散句中,兼有骈文的句式,或轻笔勾勒,或浓墨重彩,既整齐对称、节奏铿锵,而又自然流畅。《水经注》在山水散文中所取得的成就,对于后世山水散文、游记的发展,有很大的影响。《水经注》的文学成就,赢得了历代文人的普遍赞誉。如明代散文家张岱称说:"古人记山水乎,太上郦道元,其次柳子原,近时则袁中郎。"《跋寓山注》清人刘献廷说:"水经注,铺写景物,片语只字,妙绝古今,诚宇宙未有之奇书也。"清人刘熙载也说:"郦道元叙山水,峻洁层深,奄有《楚辞》、《招隐士》胜境。柳州游记,此其先导也。"(《艺概·文概》)

与你共品
yu ni gong pin

  郦道元不仅有远大的政治抱负,而且又是卓越的地理学家;一部《水经注》又使他在中国文学史上占有一席之地。这篇人物传记,全面叙述了郦道元的丰功伟绩。采取政治、山水两部分而写,有机地构成全文。作者在叙述中简明扼要,在描写中惜墨如金,人物刻画上精当传神,如郦道元为国献身时:"瞋目叱贼"。在阐明《水经注》这部巨著时,观点鲜明,脉络清晰。层次分明,把这部巨著的历史地位、价值有理有据地论述,使读者心悦诚服。

个性独悟

★作者从哪两方面陈述了他为政严明及改变鲁阳的落后面貌?又列举什么样的史实来佐证他不畏豪强、不畏权贵?

★作者在这部巨著中说明了什么?而且广征博引对什么进行了详细的记载?

★作者为什么说这部巨著倾注了郦道元全部的爱国感情?郦道元始终如一地坚持什么思想?

★为什么称这部巨著是一部伟大的文学著作?后人为什么他称为"山水文学之祖"?

留 下 / ···佚 名

2003年2月10日晚上22点

"丁零……""你好,我是晓惠,我现在不在家,听到'嘟'的一声后,请留言!"
"嘟……"

"喂,晓惠呀!我是妈妈。现在都8点了,你怎么还没回来呢?晚饭又没在家里吃吗?你这孩子,一个人呆在外地,怎么这么不注意呀。你……老婆子,有完没完,说正事呀!来,我说。晓惠,我是爸爸,听说你们广州现在正流行什么'非典型性肺炎',板蓝根和白醋都涨到上百元了,你现在怎么样了?也不来个电话报个平安,爸妈都很着急呀!回来后,打个电话到家里,听见了吗?……老头子让我来说说嘛!孩子,你要注意千万能别感冒了,多穿点儿衣服,别在外边吃东西,知道吗?好,就这样吧!记住回电话!"

"咔!"

2003年2月11日凌晨6点

"丁零……""你好,我是晓惠,我现在不在家,听到'嘟'的一声后,请留言!""嘟……"

"晓惠,我郑军。想我吗?哎,做你男朋友真苦呀,别说见你一面了,连听到你的声音都那么难!喂,你不是出事了吧?听说你们广州正流行什么'非典型性肺炎',都死了几个了。你要注意点儿呀!板蓝根和白醋涨价了吧,别小气,不管涨到几百块,多买点儿,我为你报销。打电话给你其实也没啥事,就是想你了,想听听你说话。就这样了,I love you!"

"咔!"

2003年2月11日晚上22点

"丁零……""你好,我是晓惠,我现在不在家,听到'嘟'的一声后,请留言!""嘟……"

"晓惠,我宋依呀。你这没良心的,十几年老朋友了,也不常打电话来聊一聊,每次都是我主动,还找不到人。喂,我今天打电话来,是专门慰问你的。你没被'非典型性肺炎'迫害吧!你从小抵抗力不太好,我放心不下,特意找了一些抗病秘方,这有一个很可靠的,听清楚啰:用碗装一包板蓝根,再用白醋泡好,放进高压锅蒸几十分钟,拿出来马上喝,每天坚持喝两碗,包你百病不侵。记住回来后回个电话,OK!拜拜了!"

"咔!"

【简 评】

全文语言流畅,感情色彩浓厚,作者独具匠心地紧扣 2003 年发生的"非典型性肺炎"事件,通过三个电话留言,表现出了浓浓的亲情、爱情与友情。文章有两点是值得借鉴的:一是日记连缀形式创新,作者在时间安排上别出心裁,24 小时之内的三个电话,不是凌晨便是深夜,留下的是人物的焦急与关切之心,不可谓不巧;二是白描构思写法创新,作者打破传统的写作方法,用白描的手法将三个电话的内容自然连缀,并且在内容的安排上又各有侧重,爸爸妈妈的唠叨、男朋友的紧张、同学的幽默,无不跃然纸上。

我也衔过一枚青橄榄 / … 佚 名

"疲倦的花瓣,因风落在你的窗前;我悲观的心,因你不再孤独……"

看着好友凡那秀丽的字迹和内心的告白,我真的很欢欣,为拥有这样一个好朋友而感到欣慰与自豪。可是如果我告诉你,凡,是一枚出了名的青橄榄,又苦又涩,很难相处,你会相信吗?

"凡,明天是我的生日,赏个脸来我家吧!小 A、小 B 他们都来,肯定很热闹的……"

"没空。"

"凡,这道题目你能不能教我做?"

"不会。"

"凡,这本杂志可有趣了,不来一起看?"

"无聊。"

……

久而久之,周围的人开始化热情为无声。面对美丽的凡和她的冷漠,朋友们都避开,凡仿佛空气般存在着,也渐渐被忽视了——只有我,还没放弃对她的关注。我坚信,友情能温暖她那颗疲倦的心。因为我知道任何人都脱离不了她生存的环境,就像我们不能脱离万有引力一样。

一次,我试图向她借块橡皮,惨遭拒绝。

第二天,我约她出去买书,她说没钱。

橄榄叶很美丽,但青橄榄不可爱。

打开收音机,电台里放送着温馨的祝福和浪漫的情歌,突然,我萌发了一个主意,为凡点首歌,尽管我不知她是否能听到……

第二天晚上那串悦耳的旋律在夜空久久盘旋,直觉告诉我,她一定能听见,她一定正在聆听那首歌颂友谊无价、真情可贵的歌曲——"朋友一生一起走……"

第三天上学路上,我意外地收获了凡对我的一个微笑。那是多么美丽的微笑!凡,其实你很可爱,你也渴望扶持的手臂与鼓励的目光。这天,晚自习后,深邃的夜空,星光闪烁,凡和我在星光下一起感受着温暖与甜蜜。

"你知道吗?那首歌,是我最喜欢的。是的,我不该以我为中心,自我封闭。在我的内心,充溢着一份渴望,我应该释放它。"

听着凡诗一般的倾诉,我满足地笑了。

这段特殊的经历,不仅让我体味到赢得信任的苦尽甘来,也让我深深地感叹友情的伟大——

友谊能让人的心胸更加宽阔,目光更加远大,性格更加坚韧;友谊能使落寞的灵魂重拾信心,再次奏响激昂向上的生命之歌。

友谊如风,拂过树梢,滋润着每一颗渴望着的"青橄榄"。

文章以"青橄榄"比喻因自我封闭而孤寂的凡,并以"我"用真情唤醒凡对友谊渴望的经历,形象地诠释了"我也衔过一枚青橄榄"这个命题。巧妙地融叙事、描写、议论、抒情为一体,并成功地塑造了"我"和凡这两个不同性格的现代中学生形象,这是本篇中考作文不同凡响的两个突出特点。